和算の道を切り拓いた男

和算の大家　関孝和の生涯

——生い立ちと旅立ちの記

心身 進化

Kokoromi Shink

文芸社

本書は二〇一三年十一月に日本文学館より刊行された
同書名に加筆・修正をしたものです

和算の道を切り拓いた男　――目次

【登場人物】

関孝和《せきたかかず》……通称新助。長じて甲府宰相綱重とその子綱豊（家宣）に仕え、勘定吟味役《かんじょうぎんみやく》となった。綱豊が六代将軍になったので、彼も幕府直属の武士となり、御納戸組頭《おなんどくみがしら》となり、後に小普請組に入る。彼は傍書法《ぼうしょほう》を発明して天元術を一歩進め、天元演段法を樹立して独自の筆算法を編み出したほかベルヌーイ数、行列式の発見など江戸時代の日本の数学を大いに発展させた。『発微算法』を著す。

内山永明《ながあきら》……御家人で上野《こうずけ》藤岡の地で大御番《おおごばん》に執り立てられていたが、彼の養父吉明《よしあきら》の立てた戦功を申し出て幕府徳川家の御天守番《ごてんしゅばん》に御下命された。のち養父母と永明一家（長男永貞《ながさだ》と次男孝和《たかかず》も共に）は藤岡から江戸に上京し移り住む。江戸では三男永行《ながゆき》、四男永章《ながよし》が生まれる。

内山永貞《ながさだ》……孝和の兄。上野《こうずけ》藤岡生まれで、父永明が死去した後、内山家の跡目を相続する。幕府の御天守番となる。

関五郎左衛門……孝和の養父。勘定部屋に勤める侍。

ふみ……五郎左衛門の妻で孝和の養母。

茜《あかね》……………関家の女中。

松木新左衛門…駿府の豪商で三代目松木宗今（新斎ともいう）。二代目松木宗清が、孝和の祖父内山吉明と父永明が駿河大納言忠長に仕えた時、親交を結び、その命を受けた三代目が孝和を駿府の地で学問をと誘って実現させる。孝和は食客《しょっかく》として松木家で学問修業をする。

庄蔵…………豪商松木家の手代。

関市郎《いちろう》左《ざ》衛門《えもん》…孝和の養父五郎左衛門の兄。

関瀬《せ》兵衛《ひょうえ》……養父五郎左衛門の従兄《いとこ》で妻の伯父。

中嶋左《さ》衛門丈《えもんのじょう》…五郎左衛門の同僚。孝和の元服親。

永井源太郎……藩の勘定方。孝和に算術（そろばん）を教える。

小林甚右衛門…藩の右筆。孝和に〝読み・書き〟を教える。

第一章　藤岡から江戸に上り暮らす

（一）

人生は、解答のない方程式を解くようなものである。だから、それぞれ思い思いの人生があるのだ。

人にはまたそれぞれ思い思いの方程式がある。百人いれば、百人百様の方程式がある。個々人は、自分の人生においてその方程式を解くのに勇気を出し、悶え苦しみながら生きている。なかなか見出せない解答を追い求めているのである。しかしながら、それでも生きていくためにどの人も、自分に与えられた解答のない人生の方程式を解いていかねばならない運命にある。誰もがそこに潜むかすかな根《こん》を見つけようと必死になって追い求め、そして力強く挑んで少しずつ前進していかねばならない存在なのである。

関孝和《たかかず》は、解答のないあるいは難しいこの複雑な学問、数学の方程式を、生涯生命《いのち》を賭けて解き明かすことに挑んだ人である。それも江戸時代の初期において、鎖国政策がとられ科学技術の発達していない時代に、和算という日本における新しい分野の学問の礎《いしずえ》を築くために賭《と》して生命を燃焼したのである。

寛永十六（一六三九）年一月（睦月《むつき》）末日は、雪の降りしきる寒い日だった。

孝和は、御家人の内山永明《ながあきら》・おたか（安藤対馬守家臣の湯浅与左衛門の女《むすめ》）の二男としてその日の早朝に出生した。両親は長兄から次の子まで大分間《あいだ》が開いており、その出生を首を長くして待ち望んでいた。父永明は、この孝和の出生によりさらに生活の糧を得るべく一層仕官を待ち望んでおり、その仕官への道の手立ては既に打たれていた。それから半年後になってようやく御天守番の御下命が下り、念願がかなえられたのである。

永明が、

「さあ、江戸へ出立するぞ」

と家族の者に元気よく声をかけ、上野《こうずけ》藤岡を旅立った。

その貧乏侍の永明一家が江戸牛込の組屋敷に移り住んだのは、寛永十六（一六三九）年の残暑厳しい中秋の八月（葉月《はづき》）のことであった。永明の養父吉明と母すみ、それに彼の長男永貞《ながさだ》、二男の乳飲み子の孝和は母おたかに背負われて中山道をのぼって上京した。

永明は、これまで上野藤岡の地において大御番《おうごばん》に取り立てられ出仕していた。この仕事は、戦時には先鋒となり、平時は要地城塞を守護する役である。ところが、彼はそれに飽き足らず、養父吉明の立てた戦功を理由に、徳川幕府に勤務したい旨を願い出た。すると、彼のこれまでの刻苦勉励の勤務ぶりも考慮され、御天守番に御下命され、江戸に出ることになったのである。彼の積年の夢が八年目にしてようやく実り、かなえられたのだ。

ところで、この永明が上野藤岡に居住していたのには理由《わけ》があった。彼の養父内山吉明は、寛永四（一六二七）年駿河大納言徳川忠長《ただなが》の家来として大御番を務めていた。その時、吉明の養子となっていた永明も忠長の家来としてその父と一緒に大御番を務めていたのだ。

この忠長は二代将軍秀忠の三男として生まれ、彼の二歳上の兄は三代将軍家光である。この二人の幼年時代は、二男の家光は色黒であまり冴えたところがなかったのに対し、三男の忠長は色白で愛くるしい顔立ちをした利発な子だったため、父秀忠はその忠長を偏愛した。幼児の時から既に家光と忠長の両者は対抗関係にあった。この様子をつぶさに見ていた家光の乳母《うば》春日局《かすがのつぼね》は、家光が次の将軍になれないのではないかと憂《うれ》えた。そこで、春日局は行動に打って出た。

家光の地位が危ういと感じた春日局は、伊勢参りを口実にして侍女二人を伴って江戸城を脱け出した。もちろん、行き先は伊勢ではなく大御所のいる駿府である。彼女は駿府に着くと、駿府城に出かけ大御所に面会して家光を世継ぎに定めるよう願い出た。つまり愁訴《しゅうそ》したのである。

江戸時代初期では、長子相続制度はまだ確立されていなかった。が、徳川政権の基礎もようやく固まりつつあり、これを盤石《ばんじゃく》のものにするため、世継ぎを巡る対立はどうしても未然に防がねばならないと考えた。そこで、家康は儒教の教えに従って、これからは長幼の序を重んじて世継ぎを決めると肚《はら》を固めた。

元和元（一六一五）年十月（神無月《かんなづき》）初旬、春日局のこの陳情を受けた家康は、鷹狩りに名を借りて江戸へ上京した。家康は、そこで、秀忠夫婦と家光と忠長の孫二人、それに家臣一同の前で、

「次の将軍後継者は家光である」

と表明し、家光の将軍継嗣が確定したと言われる。

その家光の将軍継嗣決定から僅か半年後の元和二（一六一六）年四月（卯月《うづき》）に家康は亡くなっている。さすれば春日局にとっては、すれすれのところで何とか間に合ったのだ。それから、この家光が三代将軍に就任したのは元和九（一六二三）年七月（文月《ふみづき》）のことである。その時、もちろん、秀忠は将軍職を譲位して大御所となったのは言うまでもない。

ここで、春日局について少し述べておきたい。

この春日局は、三代将軍家光の乳母であり、大奥でも権勢をふるった女性として有名である。彼女は明智光秀《みつひで》の重臣だった斎藤利三《としみつ》の娘で、本名を福《ふく》といい、初めは小早川秀秋の重臣稲葉正成《まさなり》に嫁いで四人の子供をもうけた。ところが、理由《わけ》があって離婚し、その後偶然に家光の乳母になったと伝えられている。

彼女は家光が将軍になった後重用《ちょうよう》され、大奥の取締役を任されるが、この大奥の制度は彼女によって確立されたものである。また、彼女は家光から助言を求められると、幕政についても老中を上回るほどの権限を持ってやりくりしたのだった。

このように、乳母でありながらこれほどの権力を持ったのには理由《わけ》があった。家光は幼い頃から弟を溺愛《できあい》する生母に冷たく扱われていた。それで、春日局がこの家光を不憫《ふびん》に思い、家康に直訴《じきそ》して、次の将軍は家光と確定してもらったのだ。そのため、家光にとって彼女は大恩人であり、単なる乳母にとどまらない大きな存在だったのである。

一方忠長の場合、十三歳の時、甲府府中城二十万石が与えられ、寛永元（一六二四）年に駿府城及び遠江・甲斐・信濃の四箇国五十五万石に封ぜられ、従二位権大納言に昇進し、世に駿河大納言と言われた。

彼は紀伊・尾張・水戸の御三家に匹敵する地位にあったが、兄の家光が三代将軍の後継者に決まり、その後寛永三（一六二六）年九月（長月《ながつき》）十五日、強力な後ろ盾だった実母お江与《えよ》が五十四歳で亡くなると彼の運命は急速に傾いていった。うつうつとして気分がすぐれず、精神的に荒れ果て、そして目に余る不謹慎な行動が取られたのだった。例えば、五十五万石の大大名でありながらそれでは不足だと百万石の加増を願い出たり、大坂城が欲しいと駄々をこねたりなどである。

このような忠長の目に余る不行跡《ふぎょうせき》は大変不興を買い、大御所秀忠や兄の家光は黙視できなくなった。つまり、幕府から危険視されたのだ。

その頃、徳川幕府は政権の維持安定を図るため諸大名の統制強化を推し進めており、父秀忠の在世中は有力な外様《とざま》大名などに何かと気を遣って優遇していたが、家光の時代にはそれらのことをほとんど配慮しなかったため、寛永九（一六三二）年十月（神無月）、駿河にいた忠長に甲府蟄居《ちっきょ》を命じ、翌年には上野高崎に幽閉した。

この忠長の改易に伴って家来の吉明・永明父子は、内山家の属していた芦田一族の居城芦田城のある上野藤岡に移り住み、浪人となったのである。

しかし、永明は父の戦功によって間もなく大御番に取り立てられ、扶《ふ》も下されることになる。

一方、忠長は、この高崎では悲嘆に暮れ、それから一年と少し経った翌寛永十（一六三三）年十二月（師走《しわす》）六日に自害させられ、二十八年の短い生涯を閉じたのだ。

この事件を契機として、将軍の長子相続ルールと宗家の徳川一門に対する絶対権が確立されたのである。

それから六年のち、江戸に上った永明は御天守番という職に就いた。この職は、江戸城の天守の守衛に当たる役である。彼は、この職にことのほか誇りを持っていた。彼の実直な性格もあって真面目な勤務ぶりであった。そのため彼のその姿を見ていた同僚たちも、次第に彼に一目置くようになっていった。

一方また、内山家も江戸での生活に慣れてきて、生活は大変だったものの、家庭内は明るさを増していった。家庭内を一手に引き受け生活をやりくりしていた妻おたかは、賢い女性だが病弱だった。そのため、永貞は幼かったが長男だったので、病弱な母を助け、その上、弟の面倒まで見るしっかり者に育っていた。それに対し、二男の孝和は明るく屈託がなくやんちゃだった。総髪で色白、ふっくらとし、唇はやや厚く目のくりくりしたかわいい子だった。それに弁舌も爽やかで活動的だったので、彼の存在が家庭内を明るくし、周囲の雰囲気を和らげた。孝和と永貞の間には姉がいたが、彼女は藤岡の地で生まれ半年ほどして夭折《ようせつ》した。もちろん、幼児の孝和には知る由もない。

江戸に来て二年ほど経った寛永十八（一六四一）年十一月（霜月《しもづき》）十五日に、永明の下に嬉しい知らせが飛び込んできた。それは、永明の平素の真面目な勤務態度が認められ、下総国千葉郡飯山満村に知行百石、御蔵米で五十俵を受けたのである。その上さらに、近くの牛込辺りに屋敷までも賜った。それまでの狭い組屋敷から二百坪ほどの広い屋敷に移り住むことになったのだ。これには内山家も大変感激した。これにより、前より幾《いく》らか内山家の生活にもゆとりが出てきた。

その年にはまた、三男永行《ながゆき》が生まれる。二重の喜びだった。よいことは続くもので、内山家に運命の女神が微笑《ほほえ》んだ。それで、家庭内がまた一段と騒がしく賑やかになった。それに伴って、九歳になったばかりの永貞の仕事はまた増えて忙しくなった。母の代わりに家事の手伝いをせねばならなかったからだ。永明や妻のおたかも長男永貞を頼りにし、またかわいがった。そこで、何かと永貞に用事を言いつけたのだ。それに対し、三歳になった弟の孝和には親の手が回らなかった。ただ孝和は永貞の後ろにつき従ってまとわりついていた。永貞は、年中孝和が後ろについてくることに時に邪魔に思うこともあった。が、逆にそのような弟がかわいくもあった。二人の兄弟仲はよかった。

一方、兄につきまとう孝和は兄の一挙手一投足を真似《まね》てすぐに物事を覚えた。物覚えがよいこともあり、同い年の者より早く、年齢以上の体験をした。また、乳児の永行が泣いたりすると泣き止ますためあやしたり、時におんぶをしたりすることもあった。

それから二年ほど経った寛永二十（一六四三）年三月（弥生《やよい》）に次女が生まれる。男系家系の内山家にとって女の子の誕生を、家中の者がことのほか喜んだ。永明はもちろん、特に妻のおたかは娘を希望していたので喜んだ。そして、彼女を大事に育てようと思った。が、その姿を見ていた三男永行は、誕生した娘に母を奪われたと思い、すねて泣いたりして母を困らせた。おたかは、その子育てでてんやわんやで毎日が戦争状態だった。家族が増えるのは確かに嬉しいことだが、毎日の家事一般と子育てに忙しく立ち回る、そんな生活が毎日続いていた。

そうこうして、翌寛永二十一（一六四四）年二月（如月《きさらぎ》）、突然思いも寄らぬことが起こった。それは今まで元気で、女の子ということでみんなにかわいがられていた次女が風邪を引いたのだ。急に高熱を出し、それから肺炎を併発してあっという間《ま》に亡くなってしまったのである。これには家族の者はみな茫然とした。狐《きつね》につままれたような思いで何がなんだか分からなかった。今までここに元気でいた娘が急にいなくなったのだ。全く取りつくしまがなかった。天国から地獄に突き落とされた。内山家の興隆がこれからという時、一年も経たないうちに夭折したので、みんなの悲しみはそれだけ深かったのである。

そのように打ちひしがれていた五箇月後の七月（文月《ふづき》）、おたかの気分が急に悪くなった。つわりが起き、懐妊しているのが分かったのである。このことによって、おたかは娘の死去の悲しみを乗り越え、次にまた元気な子を生もうと気を取り直した。

そして翌正保二（一六四五）年二月（如月）に、四男永章《ながよし》が誕生する。これで、家族は三世代から成る八人の大家族となった。

（二）

永明は、日頃から武士の端くれとしてわが子にも武士のたしなみを身につけさせ、自立させねばと強く思っていた。

幼児の学習については大人の真似から始まるので、大人の日頃の言動に気を付け、礼を中心に厳しくしつけた。特に長男永貞には、内山家の跡取り息子として厳しくしつけた。長男を厳しくしつければ、二男以降はそれを見習うからだ。

永明は武士のたしなみは七歳からと考えていたが、家族の人数が多い上、わが家を養うだけの経済状態も十分でなく、生活するのがやっとという状態なので、ゆとりはあまりなかった。そのため、子供への教育にはとても手が回る状態でなく、子供には済まない、と思っていた。

永貞には遅かったが、生活にいくらか目処《めど》がついてきた寛永二十（一六四三）年の正月（睦月）から手習いを始めさせる。彼は十歳を過ぎていた。

武士のたしなみとして古代中国で知識人の必須科目とされた「六芸《りくげい》」、すなわち「礼・楽・射・御（馬術）・書・数」を修得させようと考えて、特にあとの三学科に力を入れた。その中の「書・数」は、現在の学校教育の基礎・基本でよく知られた「読み・書き・そろばん」に相当するものである。

武士には当然だが、庶民である農民や商人・職人などの町人も文字の読み書きや計算する知識と能力が必要となってきたからである。支配階級である武士であるなら、たとえその端くれとはいえ一般庶民より学問があり、それを必要としていたことは言うまでもない。

そこで、永明は、自らわが子を家庭で教育するのは難しいと考え、藩の同僚や知人を介してお願いすることにした。

読み書きは右筆《ゆうひつ》、そろばんは勘定方《がた》、剣術は馬廻り役に頼み、指南してもらった。

右筆からの手習いでは、はじめいろは四十七文字から漢数字、それから「名頭《ながしら》（または名尽《なづくし》）」と称した人の姓の頭字によく用いられる漢字や「村尽《むらづくし》」という村名を書いた漢字など、その文字の読み方と共に書き方を覚えさせられた。その時、漢字は初めから行書体で覚えさせられた。その頃の公文書は、行書体の一つである「御家流《おいえりゅう》」の書体で記すことになっていたからだ。

永貞の真面目な勉強ぶりで学習も順調に進んでいった。

一年少し経ってからは武士のたしなみとして大事な儒学を学んだ。四書五経である。これは、上野忍岡にある林羅山の塾に通い、弟子である藩の儒者のもとに行き講じてもらった。

永貞は家へ戻って、その習ったところを素読した。孝和は、兄の素読に興味を持って聞いていた。

一方、勘定方からはそろばんを習った。

永貞は新しいことを習ったりすると、新鮮な気持ちで心がわくわくするのか、家族団らんの食事時に、みんなの前で得意気になって話した。永貞のその話す中に、そろばんに関するためになる話があった。

「少し前の話ですが、京都に毛利重能《もうりしげよし》という浪人がいて、二条京極で『天下一割算指南』という額を掲げてそろばん塾を開き、そこで算術やそろばんを教えていた、ということです。彼は中国に渡ったと伝えられているそうですが、そこで『算法統宗』という書物を入手し珠算の技術を学び、中国明《みん》の算学にも通じていたという評判でした。彼はまた教え方も上手だったということで、京都ばかりでなく大坂（現在の大阪）その他の土地からもたくさんの者が集まり教えを受けたそうです」

孝和はその話を面白く聞いていた。

父の永明はさらに続けて、

「そこでは、どんなことを教えていたんだ」

と聞くと、

「その塾で使っていた教科書は『算用記』と言われているもので、そこには割り算の九九である『八算』から始まって、それから生活するために必要な計算術が示されている、ということです」

「そうか。それなら、これからの時代は武士はもちろん、庶民も計算ができないと仕事や生活に支障をきたすということだな」

と、父が何気なく言ったことが、孝和の心を捉えた。その言葉が、どういうわけかずーっと気になって孝和の心に残ったのである。

孝和は、父と兄の話すその目新しい会話に興味・関心を示し、聞き耳を立ててよく聞いていた。孝和は幼児ながら、一回聞いたことはすぐ覚える賢い子だった。二人の話す会話は、今まで聞いたこともない内容のものが多く、聞いていて新鮮で面白かった。そこでは理解できないものも多かったが、分かるものの吸収力は抜群だった。それだけ好奇心の強い、旺盛な子だったのである。

この永貞の学問修得に伴って孝和もその影響を自然と受け、それを身につけていくことになる。

（三）

正保二（一六四五）年四月（卯月）、突然、かつて駿河の地で吉明・永明と親交のあった松木家二代目与左衛門宗清が、十五歳になって元服を済ませた長男与右衛門宗今（三代目、新斎ともいう）を伴って訪ねてきた。孝和の祖父吉明と父永明は、駿河大納言忠長に仕えた時に、この松木家と親交を結んでいたのである。

この松木家は、戦国の世から知られた駿河の豪商であった。

駿河の両替町に広大な屋敷を構えて住んでおり、絹布や麻などの問屋をして東西の大勢の商人と商いをする豪商であった。特に寛永の頃までは、毎年長崎にオランダの交易船が入港するたびにそこで糸を買いつけ、諸国に売りさばくほどの繁盛ぶりだった。

与左衛門が与右衛門を江戸に連れてきたのには理由《わけ》があった。

息子に商売を早い時期に譲り渡し、それを覚えさせると共に江戸の商人に紹介し、彼の顔を知ってもらうためにわざわざ同伴してきたのだ。今回は来たついでに、駿河時代に近くに住みお互い親交のあった吉明・永明家族を探し当て、わざわざ時間をさいて足を運んでくれたのだ。突然の訪問に内山家の者は驚いた。

最初は、誰が訪れたのか分からないほどであった。十四年ぶりの再会だったからだ。しかし、二、三会話を交わし、顔を見合わせているうちに当時のことが想い出されてきた。

永明は、

「やあ、与左衛門殿か。本当に久しぶりだな。何年ぶりの再会だろう。白髪が増え、ふっくら肥えて最初は分からなかった。さあ、どうぞどうぞ、汚い所だがお上がりください」

と二人を控の間に通した。妻と四人の子供は裏の部屋に下がったが、祖父の吉明は、

「やあやあ、与左衛門殿か！」

と裏から出てきて確認した。さらに問いただす。

「わしらが駿河を出てから何年になるかな？」

与左衛門は当時を想起しながらゆっくり話す。

「確か寛永八（一六三一）年まで駿河にいて、翌寛永九（一六三二）年には内山殿が事情があって上野藤岡に移られましたから、かれこれ十四年になるかと思います。あっという間の十四年でした。本当に月日の経つのは早いもので隔世の感がします。それにしても、お互い年を取りまして、だいたい、この息子が寛永八年生まれでもう元服ですから……」

「ああ、あの与右衛門坊やがこんな大きくなられたのか。あのかわいい坊やがね。こんなに大きく立派になられたのには驚きだ。よく見ると、目もとにその面影がまだ残っておりますな。逞しく立派に成長され、貴家にとってはこれからが楽しみだ」

と述懐した。

その時、おたかが香の物とお茶を運んできた。

「何もなく、こんなものですが、よろしかったらお召し上がりください」

「わざわざご丁寧にありがとうございます。突然お邪魔したのですから、何もお構いいただかなくても結構ですのに……」

「申し遅れたが、これが妻のおたかだ」

と永明が紹介した。その時、おたかは産後二箇月ほど経過したばかりで、顔色も少し青白くて冴えず、病《や》み上がりのような状態であった。

それを見た与左衛門は、言いにくそうに恐る恐る、

「申しにくいのですが、顔色がすぐれないご様子、奥様はどこか具合でも悪いのですか?」

「いやいや産後あけで、まだ体調が十分戻っていないからだ。次第によくなってきており大丈夫だ。妻へのお気遣い本当にありがとう」

その時、奥で乳児が泣き出した。そこに孝和が飛び出してきて、

「母上、永章が泣いてる」

と元気よく告げた。

その言動を見た永明は、すぐさま強い口調で、

「孝和、お客様の前に出たら何と挨拶するのだ!」

と叱責した。微笑を浮かべながらけろりとした状態で、

「こんにちは」

と、申し訳程度にぴょこんと頭を下げた。

与左衛門は、

「ほう、元気のよい利発なお子ですね」

「二番目の息子の孝和だ。活発だが、落ち着きがなくじっとしてない子でねぇ」

「いやいや、子供というのは元気なのが一番、何よりではないですか。元気で活発でなかったらどこか具合が悪いかと心配しますし……。とにかく、家の中がぱっと明るくなっていいと思います」

と、孝和の肩を持ってくれた。

「ところで、永明殿はお子様は何人いらっしゃるのですか?」

「男子ばかり四人だ。女の子がいないため家の中はちょっと殺伐《さつばつ》としたところがある」

「そんなことはないと思います。今は大変でしょうが、四人のこれからが楽しみではないですか。内山家の将来は明るいです」

と助け舟を出してくれた。

そこで話題が一変し、永明がおもむろに、

「で、貴殿が今回江戸に参られたのは……」

「日本橋に商売の用事があり、それも重要な取り引きでして……。そんな商いもありましたが、息子が元服の年に達し早く商いを覚えて一本立ちしてもらいたいと思いまして、さらには取引上重要な、江戸の商人とも早く顔馴染みになってもらいたいので連れてきたんです」

「商売は順調にいっているのだろ?」

「お蔭さまで何とかやりくりしてやっております」

「今、どんな商品を扱っているのだ?」

「絹布や麻、木綿などを扱い、取扱量も次第に増えてきております。現在、江戸や上《かみ》方《がた》をはじめ東西の大勢の商人たちと商いをしております。

これから世の中が安定し、庶民の暮らしがよくなり生活が向上してくれれば、絹布や木綿の衣類や寝具などの需要が伸びてくると考えて、力を入れております。貧乏暇なしで忙しい毎日を送っております」

「それは商売繁盛で結構なことではないか」

「いやいやそんなことはありません。商売は口で言うほど簡単でなく、年中暇なしで骨の折れる仕事です。とにかく、気を遣って神経を磨《す》り減らす仕事です」

「それでも人に喜ばれ、社会に役立つ仕事をしているのだから、やりがいがあるではないか」

「そうですね。この商いを通して皆様から喜ばれた時には、一番の幸せを感じます」

「人に喜ばれ社会に貢献する仕事をしているのだから、これ以上の幸せはないではないか。男冥利に尽きるんじゃないか。その上、貴殿のお子様もこんなに大きく立派に成長され、松木家の将来もまた楽しみだ」

と言って会話が弾んだ。さらに続けて、

「与右衛門殿も、この父上の仕事をさらに発展させるよう仕事に精進しなさい」

と矛先を向けられると、与右衛門も、

「松木家の名を汚さぬよう頑張ります」

と力強い言葉が返ってきた。

今度は逆に、与左衛門のほうから永明に聞く。

「それでは、永明殿はどんなお仕事に就いておられるのですか?」

「江戸城の天守の守衛をする御天守番をしておる」

「江戸城の本丸の守衛務めとは、たいそう名誉なお仕事で素晴らしいです」

「いえいえそんなことはない。大変な緊張感を強いられる仕事なのだ。それでもひと頃の緊張感に比べたら、世情も安定してきて気も楽になってきたが……」

「それにしても、私たちのような商人があの江戸城の天守閣を眺めると、幕府の威厳を示すにふさわしい雄大で素晴らしい建物であることが分かります」

と褒めたたえると、

「そうなんだ。実は、この建物は慶長十二(一六〇七)年に完成された五重六階、高さ三十二間(五八メートル)の日本最大の威容を誇る天守閣なのだ」

と言って、永明はその知識の一端を誇らし気に披瀝《ひれき》した。

その時、与左衛門は大分長居していることに気付き、

「永明殿、話が弾んでしまい、知らずに一刻《とき》(二時間)ほどが経ってしまいました。突然にそれも長居までしてしまい、家族の皆様に本当にご迷惑をおかけしてしまいま

した。そろそろこの辺で失礼させていただきます」

「貴殿が訪ねて来てくれたお蔭で駿河時代の当時に一時《いっとき》戻ったような想いになり、楽しいひとときを過ごすことができた。よかった。感謝しておるぞ。

これからはお互い健康に気を付け、ご尊家の繁栄と発展を心から願っておる。是非頑張ってくれ。そして、またの機会に再会できるのを楽しみにしておる」

と言い終わった後、永明は奥の部屋にいる妻のおたかに向かって、

「おおーい、おたか、与左衛門殿がお帰りだぞ」

と大声で呼ぶと、おたかが急いで出てきた。

「せっかく、遠路からいらっしゃったのですからもう少しごゆっくりなされたらどうですか？」

と思いとどめさせようとしたら、与左衛門は、

「この度《たび》は突然の訪問の上、しかも長らくお邪魔までしてご迷惑をおかけし、大変お世話になりました」

と言って松木家親子は退去した。

（四）

内山家と同じ牛込に関五郎左衛門は住んでいた。

五郎左衛門は、内山家に男の子が四人いて、二番目の子（孝和）が利発で頭がいいという風評を聞いた。彼には子がなく、このままでは御家断絶になってしまうということで、誰かよい子がいないかと物色していたのだった。

関家と内山家の二家はお互い近所に住んでいるが、たまに顔を合わせることはあっても、会話を交わすことなどは全くなかった。

ある時、五郎左衛門は、永明と同じ御天守番に勤めている知人の増田吉兵衛のことを思い出した。ああそうだ、この吉兵衛に頼んだらいいかも知れない、と思い立った。

早速寒風の吹きすさむ昼下がり、吉兵衛の家を訪れた。

「やあ、こんにちは。貴殿と大分長らくご無沙汰していたが、この先にちょっと用事があってその途中だったので、ついでに立ち寄ってみたのだ」

と言って話し始め、さらに続けて、

「貴殿がその後どうしているのかと思って、ちょっと立ち寄ってみたのだが、見るところお元気そうで何よりだ。今年は例年に比べ寒く、風邪など引かぬよう気を付けてくれ。

ところで、貴殿にはちょっとお手数をかけて相済《あい》まぬが、お願いしたいこともあって訪ねたのだ。是非お引き受け願いたいと思ってな。それというのも、貴殿と同じ職場に内山永明という真面目な侍がいると伺っているが、その人の所に近々わしがお訪ねすると、貴殿から口添えしていただけないだろうか?」

とぶらっと立ち寄ったふりをして、やんわりと話を切り出した。すると吉兵衛は、

「そうか。わしが永明殿にこの話を伝えるのはやぶさかでないが、ただ貴殿が何のために彼の家へ訪ねようとしているのか全く分からないが」

とけげんな顔をして言った。五郎左衛門がしばらく黙っていたら、吉兵衛は、

「永明殿に、近いうちにわしの知人の関五郎左衛門が訪ねてくる、と伝えても困るんじゃないか。何の用事で訪ねてくるんだときっと聞かれるに違いない。貴殿だって、立場を逆にして考えたらそう思うだろう」

と続けて言った。

しかし、五郎左衛門は言いたくなさそうに重い口をゆっくりと開き、

「実は、貴殿にお話しするような内容ではないのだ」

と力ない弱い声で言った。

「それだったら、わしとしても永明殿に伝言などできない」

とつれない返事が返ってきた。

それからしばらく二人の間で沈黙が続いた。

そうこうして、

「永明殿の家は夫婦仲がよく、子供の数が多い上、彼は子煩悩な男だしな」

と、吉兵衛がぽつりと言った。

それを聞いた五郎左衛門は、諦めてしまったのか、

「吉兵衛殿、変なことを頼んで済まなかった。この件はなかったことにしてくれ」

と言って、そそくさと吉兵衛宅を立ち去った。

それからしばらく経った正保三（一六四六）年二月（如月）、未《ひつじ》ノ刻（午後二時）過

ぎに、五郎左衛門は意を決して永明家を訪れた。

永明は突然の訪問に驚いた。まさかの訪問で、家の中は散らかったままであった。妻のおたかは慌てて、とりあえず乳児や子供たちを奥の狭い部屋に連れていった。永明は、五郎左衛門を狭い入口の板敷きから、

「汚い所だが、さあどうぞどうぞ、お上がりください」

と言って、控えの間に通そうとしたが、五郎左衛門は、

「ごゆっくりくつろいでおられるところに突然訪れ大変申し訳ない。ここで結構だ」

と言って、手と頭《かぶり》を振って上がるのを断った。だが、五郎左衛門は話が長くなるかも知れないと思い、また永明がしきりに上がるよう促してくれたこともあって、その言葉に甘えて上がった。

「申し遅れたが、わしは同じ町内に住む勘定方に勤める関五郎左衛門と申す。この度何の連絡もせず、突然お伺いして大変申し訳ない」

「いやいや、気になさらないでくれ。貴殿のことは、実は吉兵衛殿から伺っておる」

（ほお、これはありがたい。吉兵衛は伝言しない、とわしの前で断ったが、実際は、

永明殿に伝えてくれていたのだ。五郎左衛門は改めて吉兵衛に感謝した。内心嬉しかった。これなら話は早いだろうと思った）

「最近、とみに寒さも和らいできたが、ご家族の皆様はお元気にお過ごしのことと思う」

「お蔭さまで、家族一同今のところ元気に過ごしておる」

「それはそれは、大変結構なことだ。それはさておき、貴家にはお子様が多いと伺っておるが、何人おる？」

と知らないふりをして、何気なくそっと聞いた。

「四人だ。狭い家でのいたずら盛りの子育ては大変なものだ。毎日、戦争状態だよ」

と家の事情を話した。

「それでは、男の子と女の子の割合は……」

「実は、男の子ばかり四人だ。女の子もいたが夭折した。幼くして亡くし、今思うと残念でならない」

「男の子ばかりだと、家の中はさぞ賑やかでしょう。しかし、また一方、これからが楽しみではないか」

そんな話が進む中、五郎左衛門がおもむろに「ところで……」と言い始めた途端、周囲が急に重苦しい雰囲気に包まれた。そこで彼が重い口を開いた。

「永明殿、だしぬけにわしがこちらに伺ったのは、ご子息の養子の件でだ。大変申しにくいことだが、貴殿の二番目のご子息孝和殿を譲っていただけないだろうか？」

と五郎左衛門が自らの思いをじかに伝えた。しばらく間を置き、永明は落ち着きはらった態度でやおら、

「孝和を他家に預けようなどとは、全く考えてない。とんでもない話だ」

ときっぱり断った。さらに続けて、

「孝和は、わが家にとってなくてはならぬ存在だ。彼は家で重要な役割を果たしている。手放すわけには参らぬ。家の中を明るくし、同時に妻が病弱なこともあって長男だけでなく彼も、その母の家事の手伝いをはじめ乳児の面倒までも小さいながらに見、頑張ってくれているのだ。そのお蔭でわしらも随分助かっておる。それゆえ、彼はなくてはならぬ存在、どうしても貴殿の要請には応じかねる」

と言ってその理由を説明した。

「貴家の内情も知らずに、これまで手塩をかけて育てられた大事なご子息を譲ってくれ、と虫のいい話を持ち出し、貴殿もさぞかし心証を害されたのではないかと思う。大変申し訳なく思っている」

二人がそうこう言葉のやりとりをしている時、後方の部屋で乳児の泣く声とそれをあやそうとしている子供たちの甲高い黄色い声が響き渡ってきた。

これを聞いた五郎左衛門は、丁度帰る潮時かと思って、

「今日は、ゆっくりお過ごしのところ突然お伺いをし、そこで貴殿と貴重な時間を過ごすことができ、大変光栄に思っている。この度は、貴殿に不快で嫌な思いをさせてしまい、大変申し訳なく思っている。この話はなかったものと、忘れていただきたい。今後の貴殿の一層のご活躍と貴家のご多幸をお祈りし、ここで失礼させていただく」

と言って、さっと立ち去った。

五郎左衛門は、来る時は緊張して恐る恐る訪ねて来たけれど、帰る時は、きっぱりと断られ逆にさばさばした気持ちですっきりとしていた。了解を得られなかったのは

残念だったが……。

（五）

それから三箇月ほど経った正保三（一六四六）年五月（皐月《さつき》）二日、永明が突然流行病《はやりやまい》（天然痘・はしか・水ぼうそうの三つの伝染病は人生の「お役《やく》三病」とされ、一生に一度必ず罹るとされた難病だった）で亡くなってしまった。江戸の人々に火事や地震よりも恐れられていた流行病、つまり疫病《えきびょう》（伝染病）で亡くなったのだ。天災より怖いこの流行病の治療の手段はなく、神だのみだったのである。

数日前高熱が出、具合が悪いといって床に就いたが、しばらくして体調が急変し、あっという間に亡くなってしまった。それでも、家族の者は必死になって手を尽くした。発病人が高熱で呻《うめ》き苦しむのを見て、釜で水を沸かして湯気を立て、そこに煎《せん》じた薬石《くすり》を入れ、冷《さ》まして口に運んで飲ませたが、それでも功を奏さなかった。

その上、一週間後に、さらに間が悪いことに今度は妻のおたかが、夫の後を追うようにして同じ流行病で亡くなってしまったのだ。

これには、祖父吉明をはじめ家族の者はみな気が動転した。

吉明は、突然の息子夫婦の死去で頭が混乱し、狐につままれたようで何が何だか分からなかった。夫婦がまさか一緒に亡くなるとは、全く夢想だにしていなかったから尚更だった。

夫婦が同時に亡くなってしまうというのは、運命のいたずらなのか、あまりにもむごい最期だった。それは、内山家の将来にとって不吉な予感すら感じさせるものだった。内山家の隆盛がこれからという時の、それも一家の大黒柱である主人が、次にそれを支える妻までも亡くなってしまい、一遍に天国から地獄へと突き落とされてしまったのだ。一番頼りにしていた両親がこれからという時に、それも突然この世から消え失せてしまったのは、家族にとって言語に絶するもので、それこそ残酷な仕打ちそのものだった。

この突然の奈落の底への転落は、祖父母はもちろん、特に子供たちにとってむごいもので、その痛手は計り知れないものだった。

吉明は孫がまだ小さいこともあり、五十歳を超えた老体であるが、鞭《むち》打って葬儀だけは息子の親としてきちんとせねばならないと考え、てんやわんやの状態だったが、あれこれ慌ただしく取り仕切ったのであった。まず息子の葬儀を、それからすぐに嫁のそれを行い、何とか無事に済ませることができた。

この時、孫の長男永貞は元服前の十四歳になっていたが、吉明は、彼を頼りにあれこれ指示をして動かした。彼は言われたことを、彼なりに一所懸命頑張って行った。その結果、内山家の跡取り息子としての責任を十分果たしてくれ大いに助かった。

一方、八歳になっていた孝和は、言われた簡単な仕事だけはやったが、自らはほとんど何をやったらいいか分からなかった。

だいたい彼は死というものがどういうことだか分からなかったのである。同時に、親が突然この世からいなくなるということがどういうことかも分からなかった。この死の問題については、八歳の子供にとってあまりにも難しく、考えられないことだったのである。

その後、吉明は、初七日と七七日《しちしちにち》（四十九日目）に僧侶を招き、遺族、近親者だけで法要を営み、故人の冥福を祈り、四十九日の法要を済ませるまで慌ただしく過ごした。

その間、吉明は、この内山家と残された四人の子供の将来についてどうするか、あれこれ思案していた。年老いた祖父母で、この難しい年頃のやんちゃな四人の子供を育てるのは、骨の折れる仕事だった。子供を育て養いながら、生活をしていくというのは大変なことだった。それでも、吉明が動かなければこの家は何ひとつ事は進まなかった。

そこで、四十九日の法要を済ませた後、吉明は、長男永貞については、まず御家存続の手続きのために動いた。内山家の跡目相続の願いを藩主宛てに提出するため、藩重役の屋敷に足を運び、かけあってお願いした。内山家の御家相続が何といっても重要な先決事項だったからである。

吉明は永貞が順調に成長し、御家存続の願いはかなえられるものと楽観的な見通しを持っていた。しかしながら、小さすぎて何も分からない三男永行と四男永章の扱いについては、特に心配で頭を悩ませた。

この二人については彼らが自立するまで、祖父として妻のすみと一緒に何とか息子（永明）の代わりとなって頑張って育てなければならないと思った。それで、すみにも了解を取った。二人共老け込むわけにはいかないと思った。

吉明が一番頭を悩ませたのは、何といっても孝和の扱いである。家族全員をどうやって食べさせていくか、あれこれ考え悩んだ。とにかく、みんなで食べていかねばならない。そのため、どうしたらいいか思案していた。

息子が亡くなったことにより禄がなくなり、その後、たとえ孫の永貞が跡目相続したとしても禄は少なく、みんなで食べていくのは大変だと、吉明は考えた。

そこで、吉明は断腸の思いだったが、「孝和を養子に出そう」と決心する。これは、孝和にとってむごく辛いことだが、これからの内山家のことを考えると致し方ないと思った。孝和も少しは物事の分かる年頃になっていたし、我の強いところはあるものの、利発で明るく周囲の者ともうまくやっていく性格だったので、彼ならきっと一人になっても自分の人生を切り拓いてやっていってくれるだろう、と思ったからである。

さっそく昼下がりの蒸し暑い中、孝和を呼び吉明の前に正座させた。その時、家族全員が納得し了解した上で彼を送り出してやるのが筋だと思って、すみと永貞も同席させた。

孝和は、なんで家族の者が改まって一緒に座っているのだろうと、変だなと思ってけげんな顔をした。と同時に緊張もした。

吉明は、孝和に向かって前置きを抜きにしてやおら、

「孝和、わしの話を覚悟を決めてよく聞きなさい」

と言って、念を押させ、さらに続けて、

「実はなあ、内山家にとって大変つらく残念なことなのだが、家族のどうしてもやむにやまれぬ事情があって、おまえを養子に出すことにした」

と幼い子の心を傷つける言葉を発した。すると孝和は一瞬驚いた様子で、

「ええ！　養子ですか⁉」

と、突然それも思ってもいなかったことを言われたものだから、頭の中が真っ白になり気が動転し、絶句した。まさか、と思ったのだろう。そのため、言葉が詰まってしばらく何も言えなかった。

少し経って孝和も気を取り直したのか、

「どうして、私だけが養子なの……」

と、動揺した気持ちを少し抑えて聞くと、吉明は重い口を開いて、

「実はなあ、孝和に言っても分からないだろうが、父上と母上が亡くなってしまったことで、生活するために必要な禄が閉ざされてしまったのだ。それに兄の永貞もまだ元服前だし、とにかく家族全員で生活するのが大変な状況に追い込まれてしまったのだ。

家の事情を幼い孝和に話しても分からないだろうから言っても始まらないのだが、爺やをはじめ家族のみんなが身の切るようなつらい思いで決めたのだ。孝和、おまえには本当に相済《あい》まぬと思っているが、養子に出すことにした」

と言うと、孝和は急に高揚し胸に詰まるものが一気に吐き出されたものか、突然目から大粒の涙を流し大声を出して、

「爺や、俺は絶対養子には行かない。行きたくないもん。とにかく、この家がいいんだ。いやだいやだ……」

と、身体《からだ》を震わせながら駄々をこね、泣きじゃくった。

予想されたこととはいえ、孝和のあまりの乱心ぶりにそこにいた者はみなおろおろし、どうすることもできなかった。

それからしばらくの間、沈黙が続いた。

思い切り泣きじゃくっていた孝和の泣き声がしくしくとおさまり始めた頃、すみが優しく諭すようにして、

「孝和、本当にご免！　婆様も、悲しくておまえを養子に出したくないの。しかし、おまえの両親が亡くなってしまってどうすることもできなくなってしまったのだよ。本当にご免！」

と言ったところ、孝和はさっと立ち上がってそそくさと奥の部屋に行ってしまった。するると、兄の永貞が孝和を連れ戻そうと立ち上がると、今度は吉明が、

「永貞、そのままにしておきなさい。物の道理が分かり始め多感の時期になった頃に、突然このような自らの心を引き裂かれるような無情なことを言われたものだから、孝和も相当衝撃を受けたのだ。孝和も幼いながらきっと考えるだろう。しばらくそっと

してあげなさい」

と言って、永貞を諭した。

それからというもの、内山家の家庭内も活気というか明るさがなくなってしまい、まるで火の消えたような静けさになってしまった。あれほど家庭内を明るくしてくれた孝和が、急に口数も少なくなったのだ。みんな腫《は》れ物に触るように接していた。孝和も人間が変わってしまったように、部屋に閉じ込もり、みんなの前に出て来ても必要なこと以外はめったにしゃべらなくなってしまった。

吉明は、それから関五郎左衛門宅を訪れ、孝和を貴家の養子に出す旨を伝えた。五郎左衛門は喉から手が出るほど待ち望んでいたことなので、すぐに了承した。これは、関家にとって御家断絶から逃れることができ、それこそ願ってもないことだったからである。

吉明は、孝和を関五郎左衛門の所に養子に出すことを決めた。

仲秋の八月（葉月）の雨の降りしきる中、吉明が孝和を五郎左衛門宅へ連れて行こうとした時、

「いやだ、いやだ！」

と盛んに泣きじゃくって抵抗するのを無理やり連れ出して行った。孝和が、内山家との最後の非情な離別となった瞬間である。

孝和のその後の人生は、両親と死に別れ、家族から離れ他家に養子にやられて、誰にも頼ることのできない孤独な一人旅、つまりその自立に向けての人生が始まったのだ。もちろん、その先にどういう人生が待ち受けているのか、彼は知る由もなかった。

一方、孝和の兄の永貞は、正保三（一六四六）年十一月（霜月）二十八日、

「御老中御列席ニテ被仰渡候」

と、内山家の跡目相続が申し渡され承認された。これで、内山家の御家断絶は免れた。

吉明とすみはこれでほっと安堵し、胸をなで下ろした。

第二章　関家の養子に

（一）

五郎左衛門の妻ふみは、孝和が養嗣子として来るのを心待ちにしていた。

五郎左衛門とふみとの間には子供がなく、特にふみは子を持つのを強く望んでいたが、それはかなわなかった。ふみはわが子ができないことを夫には申し訳ないと思っていた。自らも四十代のはじめになり、子供はできないものと諦めていた。

そのような時、養嗣子とはいえ、わが家に子供が加わるのをことのほか喜んでいた。そのため、来たら心温かく迎え入れ、夫と共に孝和を武士として立派に育て上げようと思った。

孝和が吉明に伴われて江戸牛込の五郎左衛門宅に連れて来られ、五郎左衛門とふみは彼を温かく迎え入れた。

早速孝和に、

「よく来たな。さあさあお上がり」

と言って上がるのを促した。が、孝和は気恥ずかしいのか、うつむき加減にして上がるのを躊躇した。

「今日から関家《せきけ》の人間なのだ。遠慮せずにお上がり」

と、さらに優しく諭した。

しかしながら、孝和の態度はまだ来たばかりでしっくりいかない。他家のように思われわが家のようにおいそれと上がれなかったのは当然である。どうしてもよそよそしくなっていた。それでも執拗に促されたため、仕方なくためらいながら上がった。

そして、五郎左衛門に導かれて部屋に通された。組屋敷なので、家屋敷は内山家のそれと比べ狭かった。家の中にある物は、取り立てて目を引くような物はなく質素だった。二人でつましい生活をしているのが感じられた。

孝和は、他人《ひと》の家に来てどうしたらいいか分からず、通された部屋でただじっとしているだけだった。

しばらくすると降っていた雨も止み、外は薄日が差してきて少し蒸し暑くなってきた。そこに、普段着の木綿の羽織に着替えた五郎左衛門が、すぐその後に煎餅《せんべい》とお茶をお盆にのせ運んできた使用人の茜《あかね》を連れてふみが現れた。

孝和の前に着座すると、ふみはまず、

「この家に住み込んでいる使用人の茜です」

と紹介した。すると、

「茜と申します。よろしくお願いします」

と、幼な児であるがこの家の養嗣子となった孝和に対し丁重に挨拶した。

孝和は、ふっくらとした二十歳《はたち》前後のかわいらしい姉上のように映った彼女に、

「孝和です。こちらこそよろしく……」

と、気恥ずかしそうに弱々しく言った。

茜は挨拶してすぐ座を外した。ふみは、

「さあさあ今日から関家の子になったのだから、そんなに固くならずに気楽にしなさい。とりあえず煎餅でもお上がり」

と、気をほぐすため食べるよう促したが、孝和にはそんな気持ちには到底なれず、

「…………」

そのままの姿勢で黙りこくっていた。

五郎左衛門は、

「おまえは、今日から内山孝和ではなく関孝和になったのだ。関家の跡取り息子として勉学に励み、立派な武士となるよう精進してもらいたい。おまえは頭も聡明で利発な子であるゆえ、わしはおまえの将来を大いに期待し楽しみにしておる。

来た早々、幼いおまえにこんなことを言うのは酷かも知れないが、これからの関家のためにおまえの持ち味を十二分に発揮し、是非頑張ってもらいたい。ただ関家にはまだ来たばかりなので、今の段階では何も分からないだろうから、早く家に馴染むようわしゃ妻に何なりと聞いてわが家風に慣れてもらいたい」

と諭し、孝和を鼓舞した。

孝和は、関家の家族になったと言われてもまだ実感としてぴんとこなかったので、ただ無言で頭《かぶり》を振るだけだった。到底、関家の子になったとは思えなかったからである。

今まで内山家の生活に馴染み、自ら関家に来るのを強く拒んだにもかかわらず、無理やり連れて来られたのだ。孝和は、今回の件は幼いながらも自ら到底納得できず不条理に思えてならなかった。だから、眼前の養父母を前にしておいそれと「はい」と受け入れることはできなかった。

そんなかたくなな態度の孝和を見ていたふみは、彼の気をほぐすようにして、

「まだ関家に来たばかりなので、何も分からないのは当然です。慌てずにゆっくり慣れてくれればいいからね。さあさあ、喉も渇いただろうからお茶でも飲んで潤し、煎餅でも上がったら」

と言って勧めた。

孝和は、相変わらず沈黙を守り続けた。

五郎左衛門は、この子は小さいにもかかわらず随分頑固な子だなと思った。彼の気

をほぐすにはかなり時間がかかりそうだとも思った。そこで、孝和に対して、

「今日からこの家の住人になったのだから、何か自分の思いがあったら何なりと言いなさい。時間をかけてこの家の家風に慣れればいいから……」

と言って立ち上がり、部屋を出ていった。

すると、ふみは孝和に声をかけ、立ち上がって彼を連れていき、

「狭い家だけど、ここが孝和の部屋ですよ」

と言って一部屋あてがった。しかし、孝和はそれでも一向に心はしっくりしなかった。来たばかりで何を言われても気がそぞろで、聞く耳を持たなかったのである。孝和はそこにいてもただぼーっとしているだけだった。


ふみは、使用人の茜に指示して夕餉《ゆうげ》の準備に取りかかった。孝和が加わったことに気をよくしたふみは、茜と共に夕餉の準備に精を出した。夫と孝和に喜んでもらえるよう美味しい物を作ろうと、いつもよりも腕を振るった。

孝和が来たのを身内だけで祝うためである。本来なら親族を呼んで祝宴を催すとこ

ろだが、そこまでの生活のゆとりはないので、身内だけで細々と執り行った。

五郎左衛門はいつも、

「冷飯に沢庵《たくあん》はうまいもんじゃ。それにみそ汁があれば満足じゃ」

と言って、一汁一菜のつましい生活を続けていた。

だが今日は、新たに孝和が家族の一員として加わった、めでたい特別な日だったので、江戸の味覚の「三白《さんぱく》」である白米、豆腐、大根を出すことにした。

豆腐の一番うまいのは、生のまま醤油をかけて食べることだと夫は日頃言っていたので、鰹節《かつおぶし》やねぎを切り刻んだりせずそのまま出した。また、夏場の大根は繊維が固くしかも生食では辛すぎるので、厚目に切って蒸《む》し柔らかくしてから、その上にねり味噌と梅を添えて出した。さらに、そこに沢庵とみそ汁をも添えた。

武家の夕餉は、申《さる》ノ刻（午後四時）頃から始まる。三人で食《しょく》にありつく。が、孝和はお腹が空いていたが、食べたいという気が起こらなかった。それで、目の前の料理に手を出そうとしなかった。

孝和のために腕を振るって料理したこともあって、ふみはしばらくして彼に、

「美味しいから遠慮せずにお食べ。たくさん食べて大きくなるんだよ」

と促した。

孝和は、やおら彼女に勧められるまま箸を持ってつついた。豆腐と蒸して柔らかくなった大根を少し頬張ってみると、思った以上に大根の甘味が口の中でとろけて美味しかった。それにご飯も少し口に入れ、みそ汁で流した。その他には手をつけなかった。

それを見ていたふみは、

「どうしたの？　遠慮せずにもっとたくさん食べたら」

とさらに勧めた。

孝和はもっと食べたかったけれど、遠慮して少し食べただけで残した。

「あなたは若いのだからもっと食べられるのでは……」

と催促されるが、頭を振って食べるのを拒んだ。

ふみは、孝和を温かく家に迎え入れようと思って料理を作った。それなのにあまり食べてもらえず、ちょっとがっかりした。

孝和には、関家の家人の思いが伝わらなかった。初日から両者の間に心の隔たりがあり、隙間ができてしまったのであった。

（二）

五郎左衛門は孝和を養嗣子に迎え入れた翌日、彼を関家の跡目相続とするため、その書類を認《したた》めて江戸藩邸に申請した。

数日してその許可が下りた。

それから二日後に、五郎左衛門は孝和を連れて外出した。

秋雨もあがり、青空の広がる心地好い穏やかな天気の下、袴をつけ大小の刀を差して正装し、巳《み》ノ刻（午前十時）に出かけた。

孝和には、前日、

「明日、この近隣の組屋敷と関一族におまえを紹介するために出かけるぞ」

と申し伝えていた。

孝和は、外出して他家で紹介されるのには心が進まなかった。行きたくなかった。関家の養嗣子になったとは実感としてまだぴんとこなかったし、またそれを聞いてこそばゆい思いもしていたからだった。気が進まないまま養父に連れられ、後につき従った。

一軒一軒回って五郎左衛門が、

「この度、わが家の養嗣子孝和を紹介しに参りました。これからご教示のほどよろしくお願いいいたします」

と紹介すると、孝和も、

「関孝和です」

と簡単に挨拶した。

組屋敷の住人は、いずれも五郎左衛門と同じ勘定方の同僚だったが、彼らはぺこりと頭を下げる孝和を見て異口同音に、

「聡明そうな子だ。貴殿も素晴らしい養嗣子を持ってよかったな。貴殿もこれでほっとしただろう。関家も安泰じゃのう」

と言って喜んでくれた。

隣近所の組屋敷をさっと回って切り上げた。

次は牛込からちょっと離れた所にある関一族の瀬兵衛爺様や、五郎左衛門の兄の市郎左衛門らの家へ回った。瀬兵衛爺様は、五郎左衛門の従兄《いとこ》の妻女の伯父に当たる人で、関一族の中でも口うるさい存在だった。この人とは血のつながりはないが、何かと気を遣わないとひと悶着を起こす扱いにくい人物だった。それで最初に孝和を紹介した五郎左衛門だった。彼は大喜びで五郎左衛門に、

「それはそれはおめでたいことだ。汚い所だが、さあさあお上がり！」

と執拗に促したが、

「いやいや次があるので、またの機会にしてください」

と言って何とか断った。

「じゃあー、一段落した次の機会にお祝いでもしようか」

と言われ、その場を去った。

兄の市郎左衛門は、これまで弟に子がなかったのを気にかけ心配してくれていたが、

孝和が来てくれたことを大変喜んでくれた。関一族は多く、それほどつき合いがないものの、親族だということで孝和の顔見世のために駆け足で回り、未ノ刻《ひつじ》（午後二時）にわが家へ戻って来た。孝和は、幼いとはいえ緊張を強いられたので、戻って来てほっとした。

孝和は、関家に来ても隣近所に友達がいるわけでなく、外に出ることはなく家の中でじっとしていた。といって、何をする当てもなかった。ただ悶々として家の中に引きこもっていた。自分でも一体どうしたらいいか、皆目分からなかった。

そのような生活を毎日送っている中、時間のみが経過していった。心のほうは停滞していた。ただ望まぬ関家に養嗣子に出されたことが無性に腹立たしくなり、自身どうしたらいいか分からないまま自暴自棄になっていた。つまり、捨て鉢の気持ちになっていたのだ。

それから一箇月ほど経った。関家での生活のリズムもようやく分かって慣れてくると、気持ちも次第に落ち着き、自分のことがいくらか考えられるようになった。

九月（長月）は晩秋で秋の長夜。天気は秋涼爽快で、大気も澄みわたって天が高く感じられる、収穫の時期でもある。菊の季節である。

孝和は家に引きこもっているが、物事を何かするには一番いい季節である。

しかし、予期しなかった両親の死去により自らの人生が狂ってしまった。その両親の死を悼むと共に憎んだりもした。もし両親が死なければ、自分はこんなむごい状況になることはなかったと思った。が、これればかりは自らの力では如何ともしがたいことだった。だからといって、自分一人では生きられない。ただわが身を関家に委ねるほかなかった。

一方、家に引きこもっている孝和の毎日の生活ぶりを身近で見ているふみは、孝和に寄せる思いが一層強かっただけに、彼の日々の態度を見てことのほか心配し悩んだのである。

ふみが、時折孝和に優しい声をかけても彼は応じようとしなかった。ただ黙っているだけだった。どうしてだろうと、心配だけが募っていった。

ある日の夕餉後、孝和が自分の部屋に引っこみ、五郎左衛門とふみの二人だけになった時である。五郎左衛門がふみに孝和の普段の様子を聞いた。

「孝和は、普段どうしてる？」

「外に出ることなく、部屋に閉じこもってじっとしているだけです」

五郎左衛門はしばらく考え、少し間《ま》を置いてから、

「それは困った。子供らしくなく不健康だしな。孝和の年頃なら、外に出て元気よく飛び回ってじっとしていないのがふつうなんだがな」

「身体のどこかが悪く病気なのかしら。でなければ、何か不満でもあるのかしら……」

「いやいやそんなことはないだろう。食事はふつうに食べていることだし……。まだ、この家に馴染めないからだ。とにかく、ここに来て日がまだ浅いことだし、それに遠慮も働いているからではないか？」

「それならいいのですが。ではどうしたらいいのか……」

「孝和は何をしたいか、聞いてみたことがあるか？」

「聞いても何ひとつ言わず黙っているだけなの。で、彼のやりたいことが分からない

の」

「近隣に友達がいないからかな？　もしいたら彼の生活や言動も変わるかも知れないな」

　とつぶやくように言った。そして、思い出したように言う。

「ああそうそう、友達なら増田吉兵衛殿の息子に孝和くらいの子がいたな。名前は何と言っただろう？　そのうちに吉兵衛殿に会って、孝和の遊び友達になってくれるよう頼んでみようか？」

「名前忘れたの？　松ちゃんでしょう。それがいいかも……。きっと孝和も喜んでくれるに違いないわ」

　と話が弾んだ。五郎左衛門はさらに続けて、

「孝和は、友達のことだけでなく、頭のよい利発な子だから将来のことも考え、学問もさせなきゃいけないな」

　と述懐するように言った。

「では、どんな学問をさせるのですか？」

「そうだなあ。書の手習いと四書五経《ししょごきょう》の読みだ」

「四書五経とは……」

「聖人の述作として尊重されている儒教の経典だ。四書とは大学・中庸・論語・孟子の総称を言い、五経《きょう》とは易経・詩経・書経・春秋・礼記を指して言うのだ」

「最初から、そんなたくさんの本は読めないでしょう」

「『大学』や『中庸』などの素読から始めたらいい」

「では、書の手習いと『大学』あたりの素読から始めますか？」

「そうだなあ。ちょっと遅い気もしないではないが、学問をさせるのに丁度よい年頃かも知れない」

と、孝和のことを心配して話し合った。

それから二日ほど経った五郎左衛門が非役の時、孝和を自分の部屋に呼び寄せた。

「この家に来て一箇月以上経ったが、どうだ、慣れてきたか？」

「正直言って、この家に全然馴染めません」

と幼いにもかかわらず生意気な口を聞き、つれない返事をした。

それを聞いた養父はむっとしたが、大人気ないと思い、少々時間を置き落ち着いてから、

「そうか、それは残念だな。恐らく、まだ拙宅に来て間もないからだろう。時間をかけてこの家の家風に慣れればいい。

ところで孝和、人間というのは、誰でも環境が変わったりするとそこに馴染むまでに時間がかかるものだ。だから、慣れるのにそんなに慌てることはない」

と諭すようにして言うと、五郎左衛門の脇にいたふみが、

「あなたが来てから孝和には分からないだろうけど、この家も随分明るくなったんです。あなたのお蔭で家の中の話題も多くなり、活気づいてきたんですよ。

父上も私もあなたを何とか幸せにしたいと思い努力していますが、お互い頑張ろうね」

と励ますが、無言で黙っているだけだった。

そこで、五郎左衛門は提案する。

「ところで、家にばかりいたのでは身体に毒だから外に出て何かやってみたらどうだ。

孝和が、今やりたいと思っているものが何かあるか？　あったら何なりと言ってごらん」

だが、孝和は相変わらず黙ったままで、頭を振って「ない」と言うだけだった。

五郎左衛門が孝和に何を言っても反応がなく、彼の本心が分からずじまいで終わってしまった。幼いにもかかわらず、孝和の頑固さにほとほと閉口した。その時、彼の固い心を懐柔するには、かなりの時間を要し長期戦になるだろうなと覚悟した。最後に、

「今日は、孝和と心を割って話ができてよかった。また、そのうちに話をしよう」

と心にもないことを言って、その場の話を終えた。

それからしばらくして、よく晴れた爽やかな天気の日に増田吉兵衛の息子吉松が、弟の吉次とその友達の唯男を連れて遊びに来た。

「あら松ちゃん（吉松の愛称）、よく来たねえ。それにしても久しぶりだね。ちょっと待ってて……」

とふみは言って三人を待たせ、そそくさと孝和の部屋に行く。

「孝和、近所の子供たちが遊びに来たよ。お出《いで》」

「行きたくない!!」

「どうして？　皆が待ってるんだよ。早く早く、家にばかりいないでたまにはみんなと遊んだらどう？」

と何度となく促すが、孝和は否《いや》と言って応ずる様子は全くなかった。

ふみは、何回言っても孝和が応じないので仕方なく、

「松ちゃんご免ね。遊ばないと言うから、またにしてね」

と言って帰した。

せっかく、吉松たちが遊びに来てくれたのに遊びに行かないのはどうしてだろうと、ふみは訝《いぶか》った。どうしたらいいか分からなかった。

孝和の心を解きほぐす手立てがほかにないか、あれこれ考えてみるが妙案は浮かばなかった。

そのことを五郎左衛門に話したら、

「しばらくうっちゃっておけ!!」

と突き放された。

それから四、五日経って、また吉松が遊びの誘いに来た。ところが、孝和はまた、

「行かない！」

と拒否した。

ふみは、吉松が再び遊びの誘いに来てくれたことに、済まなそうに、

「松ちゃん、本当にご免。具合が悪そうなので、また次にお願いね」

とやんわりと断った。

「じゃあ、また来るね」

と元気よく帰っていき、いくらか救われたような思いがした。

ふみは、吉松の愛想のよさにほっとし元気をもらった感じがした。子供らしいさっぱりした性格のよい子だと、改めて思った。そしてもし吉松と遊べば、孝和も今までの性格も変わるかも知れないと思ったりした。

その時、ふみの頭にふっとよぎるものがあった。それは、女の直感である。

（孝和がどこにも行かず引きこもっているのは、彼が寂しいからではないか？　彼は

元々明るい性格で、家に引きこもっているような子ではないはずだ。生来の引っこみ思案ではないのだ。きっと両親が亡くなって兄弟から引き離されてしまって彼の繊細な心が傷つけられ、ずたずたにされてしまった結果、自分でもどうしたらいいか分からず、今日までずっとこのような行動を取り続けているのではないか）

と推測した。分かったような気になったのである。つまり、

（寂しいから孝和が引きこもっているのだ）

彼の心が読め、そして分かった時、ふみは欣喜雀躍《きんきじゃくやく》した。どうしてこんなことが分からなかったのだろうと、自分でも不思議でならなかった。

今までは孝和の外的な行動だけに目が奪われ、幼い子にしては随分物分かりの悪い頑固な子だと思っていた。大人を小馬鹿にする生意気な子だと映っていたのである。どうしてその時、孝和の心の内面にまで考えが思い及ばなかったのか。改めて自分の至らなさを恥じた。

これは、ふみ自身が今まで子供を持って育てた経験がなかったからだろう。人生経験を積んだ大人が、幼い子の心が読めなかったことで、孝和に大変辛い思いをさせて

しまったことを悔いたのだ。申し訳ないと自責の念にかられた。

孝和が母のような優しい愛情を求め、それを必要としていると分かってから、彼への対応の仕方に見通しが立って何やら呪縛《じゅばく》から解き放たれた気分であった。

一方、孝和は、八月（葉月）上旬の残暑が続く頃に関家に入ってから二箇月半ほど経っていた。来た時に比べ日差しは大分弱まり、日が短くなってしのぎやすい季節になっていた。季節の移ろいをしみじみと実感している時だった。その間、孝和は関家に来てからというもの、それほど不自由なく生活していた。

ところが、どうしてこれまで自分が関家に来さされたことに反発し受け入れられなかったのか、自分でもよく分からなかった。

「なぜだろう？」とずっと自問自答していた。その間、自分でこれだと納得する答は得られなかった。

ただ自分だけがどうして内山家から切り離され、関家に出されたのか腑に落ちず、そのことにばかり拘泥していた。内山家から放り出され、捨てられたと思っていたからである。

武家社会では、長男だけが尊重され重視されていて、それ以外は養嗣子として外に出されても文句一つ言えず、それがふつう慣行として罷《まか》り通っていることに釈然とせず納得がいかなかった。時代の流れ、しきたりとして当たり前で常識として考えられていることが解《げ》せなかったのだ。

幼い子は立場が弱い弱者なのだ。世間では、人間として扱われずモノとして扱われている。だから、家が貧乏だったりすると、長男以外は虫けら同然に扱われ、簡単に外に放り出されてしまうのだ。そこでは、自分の意思など全くない。

また、お家《いえ》が大事で第一であって、家の存続のためには養嗣子を迎え入れればよいと考えられていた。その際、迎えるほうの立場の者はいいかも知れないが、追い出されるほうの立場の者からしたらたまったものではない。養嗣子となる者は家の存続のための道具と考えられ、利用されているのだ。

養嗣子というのは出す側ともらう側の両家が了承し、藩に届け出て承認が得られれば成立する。これは、当人の力では如何ともしがたくどうすることもできない。親の権限が強く、その意見に従うしかなかったのである。

そのことが、ここに来てようやく分かってきたような気がした。その時、人生というのはつくづく無情だと思った。自分一人があがき悶《もだ》えたところでどうしようもない。いくら反発・抵抗してみたところで、暖簾《のれん》に腕押しで何の意味もないことに気付いた。それなら、関家に世話になりながら自分一人で逞しく生きていこうと思い立ったのである。

これまでずっと反発し抵抗し続けてきた孝和にとって、だからといって関家に対し不満や憤りがあったわけではない。しかし、自分の心のもやもやしたはけ口の持って行き場がなく、それで養父母とほとんど口も聞かず、引きこもって抵抗していたのだ。

それにもかかわらず養父母は孝和を温かく迎え入れ、もてなし、何かと気を遣って尽くしてくれているのは肌身で分かった。衣食住の生活はほぼ満たされており、あまり不自由な思いをしたことはなかった。

このようなそれなりに恵まれた環境の中にいる孝和が、もしここで自らの意思で養父母と断絶したとしたら、自分や関家のために何ひとつためにならないだろうと思った。つまり、これまでの養父母の好意を無視し素直に受け入れなかったら、それこそ罰《ばち》があたるとさえ思った。自分の我がままでこのまま関家の家族の和やかな雰囲気や生活を壊してしまったら、申し訳ないと思うと共に、この後の自分の人生をも駄目にしてしまうかも知れないと思うようになったのだ。

孝和も心の重いおもしが取れ、凍りついた心も次第に融けていった。自分では意識していないものの、ひと頃のかたくなな態度がいくらか氷解していった。

養父母や茜は、これまで孝和に対して腫れ物に触るように言葉がかけられない、あるいはかけづらかったのが、ようやくかけられるようになった。その孝和の変心ぶりに、家族のみんなは一様に驚いた。

これまで孝和のほうから口を開くことはほとんどなかったが、珍しく使用人の茜に、初冬の深まった爽やかな涼風が吹く昼下がりに声をかけた。

まさかと思っていたので、これには茜も驚いた。その上、ぶしつけな質問だったので尚更だった。

茜は、孝和の変心ぶりを歓迎するものの、何となくこそばゆい変な気持ちになった。孝和の心に何があったのだろう、と逆に疑い、訝ったのだ。

孝和は聞いた。

「姉さんは、いつからここに来た?」

「そうですね、二年ほど前からここにお世話になっています」

さらに突っ込んで聞いた。

「では、どうして来たの。何か事情でもあったの……」

「…………」

急に考え込んでしまい、口が重たくなり黙りこくってしまった。

茜は、言いたくなさそうな感じだった。

彼女の気持ちを察知した孝和は、

「ご免、ご免」

と言って謝った。

彼女もまた、孝和同様、他人に言いたくない過去を持っているのだろう。人は誰でも他人に言いたくない、あるいは言えない事情や過去を持っているものだ。そんなこともあって、それからしばらく両者の間に沈黙が続く。

孝和が話題を変えて話をしようとしたその時、茜がやおら、

「実は、私は両親の顔を知らないのです。私の育った親戚の方《かた》が言うのには、私が三歳頃両親が流行病で亡くなり、それで親戚の家に預けられたとのことです。だから、親の記憶は全くないのです。

しかし、その親戚の家は大変貧しかったけれど、とてもかわいがられ大事に育てられたのです。そして十五歳の時働きに出され、他人の伝手《つて》でこの関家にお世話になるようになりました。ここでは二年ほどお世話になっていますが、奥様は心根《こころね》の優しい明るい方で、家庭的で温かい家庭を作ろうとしておられるのが、傍《はた》から見ていてよく分かります。だから、孝和様を養嗣子に迎え入れる時には、来るのをことのほか待ち望み楽しみにしてくれました。

ところが、孝和様が来られましてから、その言動が奥様の思いと全然違っていて、それからというもの、悩み、心配し、考え込むようになってしまわれました。孝和様には分からないかと思いますが、奥様の孝和様に対する思いや期待が大きかっただけに、奥様の悩みはそれだけ大きく深刻なものなのです。どうしたら関家に馴染み受け

入れてもらえるのかずっと考え込んでしまい、ひと頃の明るさや覇気が失せてしまわれ、少しやつれたような感じがいたします。

奥様は思いやりのあるよい方で、私としては悲しませたくありません。だから、奥様のその気持ちをどうか察してあげてください」

と懇願するように言って、孝和に訴えた。

初めは弱い口調だったのが、次第に舌が滑らかになり、最後は強い口調で訴えた。もちろん、孝和はそんなことは露とも知らなかった。だから、養母がそこまで自分のことを心配し、考えてくれたのかと改めて知って、逆に「申し訳ない」と自責の念にかられ、胸の締めつけられる思いがした。ここまで自分のことを思ってくれるなら、少しずうずうしいかも知れないが、関家に世話になりながら頑張ろうという気持ちになった。

孝和は、茜に対し、

「そんなこととは露とも知らず、随分周りの人に迷惑をかけていたんだ。本当に済まなかった」

と述懐するように、ぴょこんと軽く頭を下げて謝った。

「いいのですよ。孝和様が関家のために頑張ってくださったら、旦那様も奥様もきっと喜んでくださるに違いないと思います」

と逆に慰められ、力づけられた。孝和も大変嬉しかった。

孝和は、茜から彼女のことだけでなく、関家のことについてもっと詳しく聞こうと思ったが、養父母の自分への思いや気持ちの一端を知ってよかったと思い、

「今日は、姉さんどうもありがとう」

と言って話を終えた。

今日は、今まで孝和の心に重苦しくのしかかっていた暗い気持ちが、茜と話をしたことにより解きほぐされ、心がいくらか晴れ晴れとした。爽やかな気分になった。本当に話をしてよかったと思った。

心が高揚し、その興奮は一日中続いた。

その日の夜、就寝時もそのことが気にかかり眠りに就けなかった。茜と話をしたことが思い出され、頭の中をかけ巡っていたからだ。

今までずっと一人で考え込みしっくりいかない中、堂々巡りで答が見出せなかったものが、茜と話をしたことにより光明が射し込み、一歩前進したなと思った。困った時、このように一人で思い悩むのでなく、他人と話をすればいいのだと、その大事さを知った。

今回茜と話をしたことにより二つのことに気付いた。

人間には目が二つあり、一つは内側にその目を向けることであり、もう一つは外側にも向けるということであった。

人間は、自己の内面を見て自らを成長させるというのはもちろん必要だが、しかし、この目を内側に向けるだけでは駄目だと知った。自分一人の考えではどうしても思い過ごしがあったり、視野が狭かったりするからである。やはり、人間は一人では生きられないから目を外に向けるということ、言い換えれば、社会的人間として自己と社会との関わりの中で自己を見つめるということの大事さを知ったのである。

孝和自身、随分不幸な人生を背負っていたと思っていたけれど、茜と話をしてそうではないことを知った。

茜は両親と死別し、親の顔を知らない幼いうちに親戚の家に預けられたことを思うと、自分のほうがまだましだと思った。自分の身近にもっと不幸な人がいると知って、逆に自分を慰めるほどだった。つまり人の境遇や環境というのは様々で、それは自分の力ではどうすることもできず仕方のないことだった。

ここで大事なことは、人生のこのような巡り合わせの中でへこたれてしまうか、それともなにくそと思って困難に正面からぶつかっていくかだと思ったのだ。

また、外に目を向けるということは、自分の勝手な考えや思いだけでは生きていけず、つまり人間は一人では生きていけず、たくさんの人と結びつき歩調を揃《そろ》えながらこの世の中や社会で共存して生きる社会的人間であるということに気付いたのだった。

関家に来てから、随分我がまま勝手な言動で養父母や茜を困らせ、苦しませ、迷惑をかけていたことを話をして初めて知った。ここで茜と話をしていなかったら、このことはそのまま知らずに終わっただろう。

養子に入った家がたまたま結果的によかったから、自分の我がままが通って大目に見てくれ、救われたのだ。関家の養父母がもし寛大でなかったら、恐らく関家における孝和の立場も違っていただろう。

関家に来て外界と遮断し貝のように家に閉じこもっていた孝和にとって、今回たまたま茜と話をすることで自分の人生が大きく変わり、開かれたのである。これが孝和の人生において自分の殻を破り、飛躍させる大きな出来事、転機となったことは言うまでもない。

（三）

初冬の十月（神無月）半《なか》ばの穏やかな天気の辰《たつ》ノ下刻（朝九時）に、吉松らが遊ぶため誘いに来た。

「おはようございます。坊ちゃんいる！」

と、元気のいい周囲に響き渡る甲高い声で迎えに来た。

着物を繕っていたふみはびっくりして土間《どま》に出た。

土間の戸口を開けて待っていた吉松に、

「おはよう。朝早くからありがとう。ちょっと待って」

と言って奥の部屋に行き、孝和を呼んだ。

孝和は頭を垂れ、気恥ずかしそうにしてふみに連れられて出てきた。孝和は人見知りの気もあったが、勇気を奮い出てきたのだった。

孝和を見た吉松は、

「ねえ、遊びに行かない」

と声をかけると、少し遠慮がちに、

「いいの……。悪いね」

と言って弱い声で応じる。返事は何となくばつが悪そうだった。外では弟の吉次と友達の唯男が釣竿を持って待っていた。孝和が着替えて外に出ると、ふみが孝和と吉松らに声をかけ、

「気を付けて行ってらっしゃい。松ちゃん、よろしく頼むね」

と言って送り出した。吉松は、孝和に吉次と唯男の二人を紹介した。

孝和は、二人の持っている棒を指さして、

「これは何？」

「釣竿だ。これから近くの江戸川に魚釣りに行くんだ。今まで釣りに行ったことはないの？」

「うん、今まで一度も行ったことがない。だから今日は楽しみだな」

「やったことがないのか。それはそれは……。でも、釣りってやってみると面白いよ」

みんなでおしゃべりしながら江戸川に向かう。武家屋敷やお寺の前を通って四半刻（三十分）ほどして江戸川の土手にたどり着いた。

川辺には、土砂が少し高く盛り上がった州《す》があった。川幅は七間ほど（十数メートル）、流れはそれほど速くはないが、かなり深そうだった。

上空は、青空に薄い層状の雲が点在し天気はよく、小春日和だった。

土手に立って周囲を眺めやると、弱い北風が時折吹き、顔面をかすめてひんやりしていた。周りは畑が広がり家が点在する中、その後方には林が広がり、山が控えて眺望がよかった。

土手から下りた川辺に小さな州があって、そこには釣るのに適した場所があった。

そこへ行った。

弟の吉次が、早速釣糸（テグスと言い、蚕から作られた糸）におもりと針に蛤《はまぐり》をつけようとした。それを見た兄吉松は、

「吉次、ちょっと待って。俺が最初に川釣りをするからおまえはその後だ。よこしな！」

と言って釣竿を奪おうとした。

「どうして！　ぼくに最初に釣らせて」

「だめだめ！　俺が最初にやるんだ。魚釣りをしたことのない孝和に、こうやって釣るのだと見本を示さないとな」

と兄貴ぶった。吉次はしぶしぶ兄に渡した。（浮きを使わず）おもりと釣糸に蛤をつけて釣糸を川に投げた。そのまま動かさずに魚が食いつくのを待った。

孝和は、釣竿にじっと目を凝らし魚が釣れるのを見ていた。簡単に釣れそうもなかった。

吉松は、時折釣糸をあげて餌を見、蛤がなくなっているのを確かめてまた餌をつけ、釣糸を投げた。これを数回繰り返したが一向に釣れず、吉松は、四半刻ほどして川辺

で見ていた孝和に、

「おーい、やってみるか！」

と声をかけた。

孝和は、声をかけられた瞬間胸が高鳴るのを覚えた。その時、心臓がごとん、ごとんと鼓動するのが聴こえた。小躍りして、

「やらせてくれるの。それでは、やらせて」

と言って代わる。

初めは川の流れをじっと見ていたら目がくらんだ。身体のバランスを失いかけ倒れそうになった。それではまずいと思い、川の流れに目を落とすのをやめ、前方を見た。

そんな中、突然、左手前方で釣っていた唯男が奇声を発して、

「釣った！」

と大声をあげるのが聞こえた。

すぐ唯男のほうに視線を向けた。唯男は釣糸を引いていた。それをたぐって針にかかった魚を左手に乗せ、何の魚か確認しようとした。

そこに、みんなが駆け寄っていった。

吉松は、腹びれが大きくユーモラスな顔をした魚であるのを見て、上気した顔で、

「ああ、これはまはぜだ。この腹びれが吸盤になっていて、天ぷらには絶品だ」

と誇らしげに言って、みんなに教えた。

そこで、孝和は何気なくつぶやいた。

「ところで、このまはぜというのは、いったいどんな餌を食べているの？」

「餌はごかいや小さな貝類など底に棲む小動物や海苔などを食べているんだ」

と、吉松が教えてくれた。

バケツに水を入れ、そこに捕ったばかりのまはぜを入れた。その狭い空間を所狭しと勢いよく泳ぎ回った。

その時、唯男はみんなに、

「魚が餌に食いついた時、びびっと竿を引く時の手応え、感触というのは何とも言えないほどいいもんだ」

と披露した。魚を釣った瞬間の喜びを全身で示したのだった。

唯男はまた、蛤の餌をつけて釣糸を川に投げた。一方、孝和のほうは一向に釣れなかった。

川辺では、弟の吉次が釣りたそうな素振りを見せている。それを見た孝和は、ひとりじめするのは悪いと思い、自らやめて竿を吉次に渡した。吉次は喜び勇んで釣糸を投げ、釣り始めた。

ところが、吉次は無心でやっているからか、釣糸を垂れてそんな時間が経たないうちにまはぜが釣れた。唯男の釣ったのより幾分小振りだった。

孝和のほうは、吉次に比べ随分長い時間釣りをしたのに釣れなかった。これに対し、彼のほうは簡単に釣ってしまった。川釣りにも技術の差があるのだろうかと、訝った。しかし、生まれて初めてやった川釣りゆえ、経験のある人にはかなわず仕方のないことだと自らを慰めた。こんなことで競い合っても意味がないと思い直したのだ。ただ、自分より幼い子に負けたのは癪《しゃく》に障《さわ》った。孝和の負けん気がちょっと顔をのぞかせたのだ。

そこで、そのことを忘れるため、孝和は冷たい浅瀬に入っていき、そこにある少し大きめの石を剥《はが》して見た。石にどんな小動物がはりつき、棲んでいるかを知りたかったからだ。

　いずれの石にも細い毛で体を覆われた小動物が数匹動き回っている姿に目がとまった。孝和は、いずれの小動物も初めて見るものばかりで全く知らなかった。

　剥した石を手に持って吉松の所に持って行き聞いた。

「松ちゃん、この虫は何？」

「これは水棲昆虫で、カワカゲロウとヒラタカゲロウの幼虫だ。この昆虫類は、川釣りの餌の中では最も種類が多いものなんだ」

　と指さして教えてくれた。さらに突っ込んで聞いた。

「ところで、松ちゃん、釣りの餌としては他にどんなのがあるの？」

「餌として用いられる生物は植物性、動物性及びその混合の三種に大別されているということだけど、川釣りの餌は大部分が動物性なんだそうだ。みみずなどの環形動物やえびなどの節足動物などに分けられているそうだ」

「へえー、物知りだな。どうしてそんなことまで知っているの？」

孝和は驚いて聞いた。

「釣り好きの父に度々連れられて行った時に、教えてもらったものなんだ」

吉松は、さらに続けて父親から聞いた話をした。

「魚釣りというのは魚の食欲を利用した獲り方で、主に魚の眼の働き、すなわち視覚に訴えたものが多いということだ。ただ稀ににおい、すなわち嗅覚で誘う方法もあるという。

渓流魚などの眼の発達した魚は主に視覚に訴える方法で、生き餌、例えば、水棲昆虫の他ごかいやいとめなどを針につけて釣る一方、同じ渓流魚でも水が濁ったりするとみみずなどをよく使い、これは嗅覚に頼ることになるという。だから、夜間や雨の後など、水が濁ったりする時に好んで餌をあさる習性のあるうなぎやなまずなどは、みみずなどのにおいの強い餌が適しており、それは嗅覚を利用しての獲り方だということだ」

と父親から聞いた話とはいえ、興味のある話をしてくれた。

孝和は、生まれて初めて聞く話ばかりでただただ、「ほおー」と驚き、聞き入っていた。

孝和と吉松が話に夢中になっている時、吉次と唯男は釣りのほうに夢中になっていた。

未《ひつじ》ノ刻に、うろこ雲などの薄い層状の雲が上空を覆うようになり、青空の部分が少なくなってきた。

唯男が遠くからやおら声をかけた。

「一向に釣れないので、もうそろそろ帰ろうか？」

と言った。が、釣りに夢中になっていた吉次は、釣れないのが癪に障るのか、彼らに向かって大声で、

「せっかく、釣りに来たのにもう帰ってしまうの。久しぶりに来たのだからまだ釣りたいな。一匹しか釣ってないし……」

と帰るのを口惜しがっていた。

「兄さん、癪だから釣れても釣れなくてもいいからもう少しやらせて……」

「じゃあ、あと四半刻したら帰るぞ」

と吉次に念を押した。

吉次以外の三人がおしゃべりをしながら帰り支度をしてしばらくすると、吉次のどうしても釣りたいという気が通じたのか、喜び勇んで、

「釣れた、釣れた！」

と大きな声を張り上げた。その声につられて、吉次の周りにみなが集まった。

吉次は、釣針についた魚を左手に持って、兄吉松に向かって、

「兄さん、前に獲った魚とは違う。何だろう？」

吉松は、前に釣った魚より小さく、これを見て自信なさそうに、

「ボラかな？　ボラだったら、成長に伴って呼び名が変わる出世魚なんだ。地方によって呼び名が多少異なるが、江戸付近ではオボコ、イナ、ボラ、トドと変化するんだ。『トドのつまり』という言葉は、ここから来たと言う。もしボラだったら、雑食でごかいのような動物性もとるが、水温が下がると付着藻類も食べるらしい」

「吉次、それにしても釣れてよかったな。時間を延ばした甲斐があった。それじゃあ、帰ろうか」

と吉松が帰りを促した。未ノ下刻だった。

上空は雲にほとんど覆われ、ほんのわずか青空を覗かせる中、ひんやりした風が吹き、身を屈めて帰途に着いた。

一番下の吉次は、棹を肩にかつぎ、手には釣った魚を水の入ったバケツに入れて持っていた。気分がよいのか、鼻歌を歌って歩いていた。魚を釣ったことがよほど嬉しかったのだろう。

吉松が孝和に感想を聞いた。

「今日の魚釣りはどうだった？」

「今日は釣れなかったけど、楽しくて面白かった。今度来る時は、是非釣ってみたいな。それに、松ちゃんから釣りの話が聞けてすごく勉強になった」

「魚釣りも奥が深くて分からないことだらけなんだ。特に、魚の生態については全く分からないし……。釣りをすると次第にその面白味や醍醐味が分かってくるから、また機会があったら釣りに来ようか」

と誘ってみると、孝和だけでなく他も口々に、

「それがいい」

とすぐに言った。みんなは、少なかったがとりあえず魚が釣れたことに安堵し、お互い喜んで帰路に就いた。

関家に着くと、

「ただいまー。今戻りました」

ふみは、孝和が遊びに出たものの、吉松たちと仲よく遊べるかしらと心配しながら送り出したのだが、子供の声が聞こえ、無事に帰って来るとほっとした。心が小躍りし急いで土間口に出て松吉たちに言った。

「お帰り。本当にどうもありがとう。何もなかった？」

「魚釣りをしましたが、特にこれといったことはなかったです」

「それはよかった。何もなくてほっとした。とにかく、孝和がお世話になったね。本当にありがとう」

と言って、ふみはそれぞれに饅頭を一個ずつ渡した。三人は喜んで気持ちよく帰っていった。

申ノ下刻に夕餉が始まる。茜が膳を準備し、家族三人が揃った。夕餉の時、孝和はほとんどしゃべらず、背を丸めうつむき加減にして食べるのが癖であった。親から声をかけられてもほとんど言葉にすることはなく、ただうつむいて頷くだけだった。それが、今日は違っていた。

五郎左衛門が孝和に和らいだ口調で聞いた。

「家内から聞いた話だが、今日は外に出て遊びに行ったそうだな」

「吉松さんらと魚釣りに行って来ました」

「どこに行ったんだ？」

「ここから少し北側に行った所の江戸川です」

「それは良かったな。家にいるよりたまに外に出ると気分転換になり、清々《せいせい》するだろう。実際出かけてみてどうだった？」

「初めて魚釣りをしましたが、面白かったです。吉松さんたちもよくしてくれたし……」

「で、魚は釣れたのか？」

「いや、私は全く釣れませんでした。しかし、弟の吉次ちゃんと唯男さんは釣りました」

「それは残念だったな。釣った魚はどんなのだった？」

「はぜ二匹とボラとかいってましたがそれが一匹、計三匹です」

「ほおー」と感心しながら聞き入り、食していた。そこに、ふみが口を挟み、

「友達はどうでした？」

「みんな面白くていい人ばかりでした。特に、吉松さんは魚について詳しく、それには驚きました」

「それはよかった。また、これを機会に遊んだらどうです」

と促すと、「はい」と言って頷いた。

家族の間でこんな気持ちのよい会話ができ、弾んだのも孝和が関家に来て初めてのことだった。食事の量も進んだ。

今まで家族で食事をしてもお互い気まずい思いで食べていた。暗かった。だから、

食事もあまり美味しくなかった。が、今日は格別に美味しく食べられた。孝和も関家の一員にようやくなれたような気になった。

食事が済むと、五郎左衛門が最後に、

「今日は、孝和にとって本当に充実したよい一日だったようだな。これからもよい友達を作って仲よくし、いろんな体験を積んで日々を充実させていこう」

と激励した。孝和も頷いた。

関家に来て日々悶々と過ごし、眠れぬ夜が長く続いていたが、その夜は本当に気持ちよくすっきり眠れた。

（四）

孝和が、関家の養子に来て初めての師走（十二月）を迎える。関家に来て五箇月ほどになり、孝和は嫌で嫌でたまらなかった気分も大分薄らいでいた。それに伴って関家の生活のリズムにも慣れ、ようやく馴染んできた頃でもあった。

孝和は、師走という言葉を聞いただけで何となく忙《せわ》しい気分になった。今年もいよいよ押し詰まってきたなと実感する。その時、いつもは物静かな坊様が、裾《すそ》をからげて東奔西走する姿を目にしたこともあったからだ。事実、家庭内も慌ただしい雰囲気が漂ってくる。

八日は「事始め」で、この日は農作業の終了の日であると同時に、新年を迎える準備が始まる日でもある。

この日、五郎左衛門は正月用の道具である笊《ざる》と竹竿《たけざお》を取り出してきて、孝和はその場に呼び出された。どうして呼び出されたのか分からない。養父が変な物を持っているなと思った。

養父が笊を竹竿にくくりつける際、孝和に竹竿を持っているように指示した。笊をくくりつけ終わると、それを屋敷の軒先に立てた。孝和は何で立てるのか分からず、不思議に思って養父にそれとなく聞いた。

「何で立てるのですか？」

「これは『招福・魔除《まよ》け』のまじないで、天から降る福を拾うためのものなんだ」

と説明した。笊を上げるのは、天から降ってくる福を受けることにあり、と同時に笊の目の多いのを見て魔物が恐れて逃げ帰るという災厄除け、その両方のためであることを知った。

そのことを聞いた時は、「へえー」と声を出し驚いた。こんなことで本当に福が来るのだろうか、と訝ったからだ。

十三日は煤《すす》払いの日。この日は、江戸中の家が一斉に大掃除をし、各家庭の一年間にたまった垢《あか》、汚れを落とす日である。家主やその妻をはじめとして、子供や女中など家族全員が駆り出されての大掃除である。

関家の一家総出の大掃除と松飾りの仕事は、五郎左衛門の指示の下で行われた。

この日は朝餉を早く摂り、みなそれぞれ大掃除に向けてやる気満々で活気に溢れていた。が、孝和は初めての体験なので、どうしていいか分からず、おろおろしていた。

今日は、朝・晩の冷え込みが一段と厳しく寒かった。その上、昼間でも乾燥した冷たい空気が吹きつけ、水洗いする手はあかぎれで血が固まるほどだった。頬は寒さでリンゴのように赤く染まった。みんなはその寒さなどものともせず、それを吹き飛ばすほどの元気さで掃除をする。

ふみと女中の茜は、手拭いを姉《あね》さんかぶりし、着物はたすき掛けにして忙しく立ち回った。

梁《はり》や桟《さん》などの埃《ほこり》ははたきで落とし、畳はほうきで掃いたりした。家具は一時外に運び出し、畳は一部剥して軒下《のきした》に立てかけ干したりした。また、廊下や柱などは雑巾《ぞうきん》がけをした。

孝和は障子の張り替えを言いつけられた。破れた障子紙を水洗いしてたわしでごしごしこすって桟をきれいにする。その時の水の冷たさには閉口した。我慢しながらこすった。しかし、やっているうちにそれも慣れてくる。障子の桟がきれいになると、日の当たる軒下に立て掛けた。乾くと、刷毛《はけ》に糊《のり》をつけて塗り障子紙を貼りつける。前のくすんだ障子紙とは違って真新しくなり、一新される。その障子を元の位置にはめ込むと、部屋全体が明るくなり爽やかだった。

各自はそれぞれ与えられた仕事をてきぱきとこなし、一年間のたまった埃を拭い取った。各自が手際よくお互い協力してきびきびと動いたが、その光景は爽やかだった。

日の光が西の空に没する頃になると、気温が急に下がってくる。空気も一段と冷え込んで寒くなってきた。その前に掃除を終わらせないといけないので、みんなが協力してきびきびと動き、畳や家具、障子などを元の位置に戻し、最初の状態にした。すると、驚いたことに部屋全体がきれいさっぱりした状態になり、明るくなって気持ちよかった。

最後に、五郎左衛門が大掃除の終了を告げた。

「ご苦労さん」とみなを労《ねぎら》った。

掃除が終わってみな一段落し、ほっとする。が、張り切りすぎたため、しばらくして節々が痛くなってきた。この大掃除で普段使わない筋肉を使ったからであろう。しかし、女手はこの掃除だけで終わらない。夕餉の準備が待っているからだ。ふみは茜に指示して、夕餉の準備に取りかかり精を出した。

五郎左衛門は酒は強くなく嗜《たしな》む程度である。今日は「煤払い」で大いに身体を動かし疲れていることもあり、酒を一本つけるようふみに頼んだ。空腹だったこともあるが、夕餉の準備をしている香りが部屋に立ちこめ食欲を一層駆り立てた。

食膳が並べられ全員が揃うと、五郎左衛門の「いただきます」の合図で夕餉が始まった。

孝和は空腹で待ちきれず、すぐ箸をとって食にありついた。

五郎左衛門はふみから盃を渡され、お燗《かん》した酒をついでもらって口に運んだ。美味しそうに少しずつ口にし飲み干した。立て続けに二回ほど繰り返した。それで冷えた身体が温まってほっとし、そしておもむろに箸をとって目の前のおかずに手をつけた。

いつもは一汁一菜だが今日は寒い中働き、しかも身体が温まるようにとの配慮から、特別に大根煮と湯豆腐が添えられていた。

孝和も、食べているうちに身体がぽかぽか温まってきた。普段はこんなに動くことはなく、今日は特別によく働いたこともあり、食がすすみいつもより余計にご飯と汁をお代わりした。美味しさは格別だった。動いた後の食事がこんなに美味しいのかと、改めて知った。満腹になった。

そんな時、五郎左衛門が孝和に聞く。

「今日の煤払いはどうだった？」

「初めての経験でしたので疲れました。特に、たわしで桟を水洗いし何回もこすったりしたので、腕が痛いです」

確かに、腕は分からないが手を見ると少し赤く腫れ上がっている感じがした。五郎左衛門が手をこすってやると、

「どうもありがとうございます」

と言って、さらに、

「掃除をすると畳と木の香りがほんのりとし、部屋全体が明るくなって気持ちがいいです」

と感想を述べた。

全員による食後の挨拶後、孝和は「お休みなさい」と言って自室に引き下がった。今日は疲れていつもより早い就寝となった。床に入った途端、あっという間に熟睡した。

十五日は、お正月用の餅を買うため予約をした。この日は申し込みの締切日で、十五日までに申し込まないと餅を買えない。買わなければ当然、正月を迎えることはで

きないのである。

自家で餅を作る家は、もちろん別だった。この日から大晦日まで江戸の街に餅をつく杵《きね》の音が響き渡った。江戸の餅も最初は丸餅だった。これは心臓をかたどっていると言われ、そこに長寿や壮健の願いが込められていた。

二十日は、ふみは茜を連れて「歳の市」の開かれている神田明神に遠出した。正月用品や台所用品を買うためだ。牛込の家から一里以上離れており、一年に一回の買い物なので、ちょっとした小旅行の気分で楽しみに出かけた。

年の瀬の慌ただしい中、神田明神の街並みは賑わい盛況で活気づいている。人で溢れかえっており、買物をするのが大変だった。この買物客に刺激されて、二人は日頃より高揚していた。正月に入り用《いよう》の買物を買いあさり、荷物はいっぱいになった。

年末には神前に鏡餅を一重ね、上に橙《だいだい》を置き、しめ飾りをつけた。また、家の周囲の入り口には輪飾りをつけた。

それやこれやで大晦日《おおみそか》。正月を迎える準備も整った。夕刻より神仏に灯明を供える。

その夜は当年中、家内が無事に済んだことをそれぞれ挨拶し、そして眠りに就いた。

この夜が明ければ、何もかもめでたい正月を迎えることになる。

元旦は、寅《とら》ノ刻（早朝四時）に起きる。孝和はふみに起こされ、眠たい目をこすりながら起きた。

年が改まったら、すぐその年の最初の水を井戸から汲む習わしがある。主人が汲むと縁起がよいということで五郎左衛門が汲む。これを若水と言い、それを飲むと病気をしないと言われる縁起のよい水なのだ。

元旦はいつもの日と違い、日の出前の暗いうちから朝餉が始まる。ふみの指示で茜が準備する。

朝の膳に五郎左衛門をはじめ家族全員が揃うと、種を除いた梅干と短冊状に切って結んだ塩昆布の入った椀に、若水を沸かしたお湯を注いだ。これを「福茶《ふくちゃ》」と呼び、それを飲むと壮健になるという言い伝えがあり、大変おめでたいお茶なのである。

新年早々五郎左衛門による挨拶、

「あけましておめでとう。今年も家族全員が元気で健康に過ごせてよい年であるように。また、今年の元旦は孝和が新たに家族の一員に加わった。彼が一段と逞しく成長するのを祈念して」

といいう発声の下で乾杯し、みなが元旦一番にそれを飲み干した。

普段台所仕事と全く無縁な主人の五郎左衛門がこの若水を汲み、福茶を入れ、餅を焼くという日頃やり慣れないこの一連の作業をまめまめしく行ったのである。それをやると縁起がよいということで、元旦早々から行ったのだ。

朝の膳には羊歯《しだ》の葉を敷いた塩鰯《しおいわし》に、大根の香の物、椀には焼いた餅に菜や花鰹《はながつお》を盛った雑煮、数《かず》の子が載せてある。

福茶を飲んでから、それらを肴《さかな》にしてお屠蘇《とそ》を三献した。このお屠蘇は一年の邪気を払い、齢《よわい》を延ばすという長寿延命の薬なのだ。

「一年の計は元旦にあり」と言われるように、元旦にこのお屠蘇を飲み雑煮を食べると、心身が共に改まると言われている。

卯《う》ノ刻頃、外が明るくなり始める。

五郎左衛門は孝和に声をかけて誘い出した。

「さあ、外に出よう」

何だろうと、養父の後につき従った。

養父が東の空の初日の出の見える場所に行き、しばらくその陽《ひ》が出てくるのを待った。

東の地平線に雲間から赤橙色の煌々《こうこう》とまばゆく照り輝く陽の光が現れると、養父はその方向に向かって手を合わせ、頭《こうべ》を垂れて拝み始めた。それには孝和も驚く。養父の初日の出を拝む凛《りん》としたその姿を見た孝和も、自然と自分もやらねばならないと思い、養父同様、手を合わせて拝んだ。さらに初日の出を見ながら深呼吸して、新年の爽やかな空気を胸一杯吸い込んだ。

養父は、

「初日の出を拝んで、晴れ晴れした清々《すがすが》しい気持ちになった」

と弱々しいが、孝和に聞こえるほどの声でぽつりと独り言を言った。

その後、さらに孝和に諭すように言った。

「初日の出を見ると寿命が延びるんだ。私たちが生活できるのはお天道《てんとう》様のお蔭なのだ。だから、私たちはお日様に感謝せねばならない」

ただその時、雪に覆われた富士山の雄姿がかすんで見えなかったのは残念だった。けれども、五郎左衛門はまた、富士山のほうに向かって拝んだ。

「今日初富士を拝めなかったのは残念だが、七日までの松の内に拝めればいいことにしよう」

と言って、自らを慰めた。

そして、また家に戻って改めて膳の前に座った。そこで、

「今年は関家全員の健勝とご多幸、それに孝和が一段と飛躍する年になるよう願って、それではご馳走さま」

と言って、早い食事を終えた。

五郎左衛門は正装して、辰《たつ》ノ刻に藩邸に出向き、藩主から年賀の挨拶を賜った。

二日は、いつもの卯ノ刻に起き、卯ノ下刻（朝七時）から元旦同様、お屠蘇を飲み雑煮を食べた。

その時、五郎左衛門が孝和に問いかけた。

「初夢を見たか？」

「いや、見ませんでした」

「孝和、年が改まって齢《よわい》が一つ増えたが、今年は何かやりたいと思うことがあるか？

で、年はいくつになった？」

と真顔で聞くと、

「九歳です……」

と答え、その後、下を向いてじっと考え込んでしまった。

少し間を置いてから、五郎左衛門は続けて、

「今年は、孝和にとって飛躍の年にせねばならぬ。わしとしても、おまえを立派な武士にせねばならないのだ。そのため、将来を見越してそろそろ学問を身につけさせないといけない、と思っている。つまり、人の上に立つ武士として学問を身につけるのが使命なのだ。でないと、人を導くことはできないからだ。孝和には、その責務を果たすだけの十分な能力があると思っている。

武士は教養として『読み・書き・そろばん』と、それに武士の嗜《たしな》みとしての儒学、いざという時の戦闘に必要な剣術を身につけねばならないのだ。それらを身につけさ

せるため、わしが何人かの人に当たってみよう」

それを聞いた孝和は、

「本当ですか?」

と半ば疑いの目で、驚きの態度を示した。孝和は自身の、何かしたいというこれまで眠っていた内面の心をこれで満たすことができるのではないか、と一瞬嬉しくなった。口元が自然と緩み、笑みを浮かべる。

五郎左衛門は七日までの松の内が過ぎてから、動き始めた。

「読み・書き」は右筆《ゆうひつ》に、「そろばん」は勘定方に、「剣術」は馬廻り役に当たってみることにした。

勘定方は人当たりはあまりよくないが、誠実でよく勉強している同僚の永井源太郎に当たった。

彼は五郎左衛門とは気心が知れた、四十歳になったばかりの脂《あぶら》が乗った男である。情熱的な男で孝和の指導に打ってつけの人物だと思い、前から目星をつけていた。

一方、源太郎は五郎左衛門の子が利発で有能な子と聞いており、教え甲斐があるなと思って引き受けた。だから五郎左衛門から頼まれた時は、躊躇することなく承諾した。

右筆と馬廻り役の者については、直接知り合いがいないので、先輩で顔の広い同僚の中嶋左衛門丈に頼み紹介してもらうことにした。彼は口八丁手八丁、行動的で親分肌の人である。それに約束はきちんと守る人だったので、皆から慕われていた。

十六日の薮入《やぶ》りの小正月が過ぎると、さしも賑やかだった街も静まりかえった。

この頃、鶯《うぐいす》が鳴き、桃の花が咲き始める。

一月（睦月）下旬の勤務日に、左衛門丈が五郎左衛門に朗報を届けた。退勤間際に、左衛門丈が五郎左衛門の所に近寄ってきてこう伝えた。

「五郎左衛門殿、右筆の方は見つかった。どうかと思っていたが、頼んでみたところ、快く引き受け了解してくれた」

と、にこにこしながら嬉しい報告をもたらしてくれた。

「それはありがたい。貴殿に感謝申し上げたい。その人は何という方《かた》ですか？」

「小林甚右衛門という五十がらみの、書道に長《た》けた方だ。彼は表右筆の方だ。表右筆とは、日記方・分限方・家督方・吟味方などの文書をそれぞれ分担して行う役目の方だ」

「彼の住まいはどこですか?」

「小石川だ。ここからはそう遠くはない。それと話は変わるが、貴殿から頼まれたもう一つの馬廻り役の方は、当たってみたけれどまだ見つかっていない。こちらのほうは少し時間がかかりそうだ」

「いやいや、そう急がなくても結構です。貴殿の都合のつく時、頼んでいただければ結構です。それでなくとも仕事以外の余計なお手数をおかけし、申し訳ないと思っています」

　と言って恐縮し畏まった。

「そう言っていただければ大変ありがたい。わしとしてもいくらか肩の荷が下りた気がする。非役の時、また折衝してみたいと思う」

「左衛門丈には、ことのほかお手数をおかけし、本当に相済まぬと思っています」

「いやいや、こちらのほうこそすぐ見つけられず、申し訳ないと思っておる」

私的な用なので、立ち話程度でそう長くは話さなかった。

それから五日ほど経って青空の広がる肌寒い朝、左衛門丈は五郎左衛門と息子の孝和を伴って小石川の小林甚右衛門宅を訪れた。小高い所にある質素な造りの家である。

三人は部屋に通された。

左衛門丈は、対面するなり口火を切って甚右衛門に、

「かねて貴殿にお話しした五郎左衛門と、この度お世話になるそのご子息を連れて参った。賢い子であるゆえ、貴殿の適切な訓導をよろしくお願いしたい」

と挨拶した。

それに呼応して、五郎左衛門も初対面なので甚右衛門に対し直視して、

「この度はわが息子、孝和のご指導を快くお引き受けいただきありがとうございます。拙い息子ですが、厳しいご指導のほどよろしくお願いいたします」

と丁重に挨拶した。

その時、五郎左衛門は両手を膝の側に下ろし、指先を畳につけ、上体を前方に折り曲げ、深々と頭を下げてお辞儀をした。

孝和もそれにならい、甚右衛門に向かって、

「ご指導よろしくお願いいたします」

と手をつき頭を垂れてお辞儀をした。

「ところで五郎左衛門殿、ご子息をご指導してもらうに当たって貴殿のほうから何か希望することがあるか？」

と、左衛門丈が聞いた。

「いや、特段ございません。指導に関しては、甚右衛門殿にお任せいたします。ただ大変聞きにくいことですが、束脩《そくしゅう》（入学金）や謝儀《しゃぎ》（月謝）については如何《いかが》したらよろしいでしょうか？」

とそれとなく聞いた。五郎左衛門は、それをはっきりさせておきたかったからである。

「いやいや、そういうものは受け取らないことにしている」

と素っ気ない言葉が返ってきた。

「本当にいいんですか？」

とさらに念を押しても、「結構です」と手を振って拒否するのだ。

それで、五郎左衛門も仕方なく、

「それはかたじけない」

と、彼のその言葉を真《ま》に受けて申し訳ない気持ちでいっぱいだった。

「それでは、いつから貴殿宅に習いに来させたらよろしいでしょうか?」

「そうですなあ。今、一月末ですからそれでは初午《はつうま》の日にしましょう」

とおもむろに言った。

その後、甚右衛門は孝和に向かって、

「学問をするのは大変だが、しっかり勉強して教養を身につけ立派な武士になるように」

と励ました。

おおよその話がついたと見計らった左衛門丈は、

「それじゃあ、甚右衛門殿、ご指導のほうよろしく頼む」

とお願いして甚右衛門宅を後にした。

一方、勘定方の同僚の永井源太郎については来なくていい、と本人は言っていたが、五郎左衛門としてはそれでは失礼だと思い、家を息子に覚えてもらうと共に顔見世もあって、彼を同伴して牛込の源太郎宅に伺った。部屋には上がらず、土間で簡単に挨拶しただけで済ませた。

その時、孝和は養父に促され、

「ご指導よろしくお願いいたします」

とぴょこんと頭を下げて挨拶した。

孝和を一目見ただけで源太郎はすぐさま、

「ご子息は利発な子ですなあ。五郎左衛門はいい子を持って幸せだ」

と羨ましそうに褒めたたえた。

すると、五郎左衛門はちょっと気恥ずかしそうにして、

「滅相もない」

と手を振って否定する素振りを示した。

第三章　読み・書き・そろばんの学習を

（一）

孝和は、二月（如月）最初の「午《うま》の日」が近づくにつれてそわそわし始める。どんなことを教えてもらえるのか期待感が高まると共に、緊張感が漲《みなぎ》ってきた。どんな内容の指導をする師なのか分からないからである。

「午の日」当日、孝和は朝餉後、辰ノ刻（八時）頃に家を出る。気が急《せ》いて知らずに足早になっていた。小石川の小林甚右衛門宅に着いたのは、四半刻（三十分）ほどしてからだ。

土間の戸を少し開け、元気な声で、

「おはようございます」

と言うと、奥様が出て来た。

「今日から先生にご指導を受け、お世話になります関孝和と申します」

と挨拶した。奥様はさっそく、

「さあさあお上がり、待ってましたよ」

と言って、上がるよう促した。

縁側を通って六畳間に案内された。孝和は初めての指導の日でもあり、身体がこわ張っていた。緊張して恐る恐る奥様の後につき従って部屋に通された。

床の間に向かって長机が置かれていて、そこに促されて正座する。長机には書の道具が置かれていた。

床の間には木に止まった鷹の掛け軸がかかっている。鷹のその鋭い眼が部屋を睥睨《へいげい》していた。またそこに花器が置かれていて、松の樹枝と草花が挿《さ》してあり、部屋に彩《いろど》りを添えていた。

外に目をやると、庭に桃の花が咲いていて、ほのかな香りが漂っていた。

しばらくして、甚右衛門が小袖の着流しに綿入れを羽織って現れた。綿入れは寒い時期の防寒具で縕袍《どてら》と呼ばれた。

四、五十代のふっくらした恰幅《かっぷく》のよい人だった。初対面の時は、緊張のあまりどんな人であるかまじまじと見なかったので、よく覚えていない。が、今日はいくらか心に余裕があるのか、これから世話になる師匠をしっかりと見た。

甚右衛門は部屋に入るなり、いきなり、

「おはよう。よく来たな」

と声をかけた。孝和は丁寧に返答した。

「おはようございます。今日からご指導よろしくお願いいたします」

甚右衛門は孝和と対座すると、彼に向かって聞いた。

「まず聞きたいのだが、これまで『読み・書き』の手習いをしたことがあるか？」

「いや、習ったことは一度もありません」

「それなら、まず最初は手習いをし、それをしながら文字の読み方と書き方を覚えていこう。できたら今日ここで習ったことは、家に帰ってからまた復習するとよい。そうすれば、その日に習ったことは確実に覚えられるからだ。

それに、ここでの勉強は楽しみながらやっていきたい。ただわしも勤めがあるから毎日教えられないのは残念だが、やる日は密度の濃い勉強をしたいと思っている。そのつもりで指導するゆえ、ついてくるように」

と、指導の方針と心構えを伝えた。

「それでは初日なので、まずいろは四十七文字から始めよう」

甚右衛門は文机《ふづくえ》に正座し、おもむろに筆をとって「いろはに」の四文字を書き始める。

孝和は、師の書くのを横でじっと真剣に見つめる。

甚右衛門は、

・い〈以〉： い

・ろ〈路〉： ろ

・は〈者〉： は

・に〈爾〉： に

の四文字を書いた。

書く時はもちろん、その書き順と同時に文字の読みも教えた。手習いの基本は、字が読めることと上手に書くことである。

「では、これを手本に習字をしてみよう」

と孝和に筆を持たせた。まず、筆の持ち方を教えてから習字をさせた。

まず「い」から練習を始める。ところが、始めてみると、筆につけた墨の量と和紙とがうまく馴染まず、筆が思うように進まない。手も震えて思うように書けなかったのである。

それで、甚右衛門は後方から孝和の手を持って筆を動かし、書き方を指導した。その時、力を抜いて書くようにと指導される。

孝和は言われたように、何回か練習しているうちに力が抜け、次第に筆に馴染んできて何とか書けるようになってきた。字もいくらか形になってきた。もちろん、師のようにすらすらとうまく書けないのは言うまでもない。

この後、「ろ」の字へ移り、残り二文字も同様に練習した。

練習を何回か繰り返すうちに手も筆に馴染み始め、墨を擦《す》ってつける量もいろいろ変えて書いてみた。手には、知らずに墨がついて黒くなっていた。

書いているうちに孝和も集中し没頭していた。

そんな時、甚右衛門は午ノ刻（十二時）になり、孝和の練習の区切りのいいところを見計らって声をかけた。

「では、今日はこの辺で練習を終えやめよう」

その時、孝和は脂《あぶら》が乗ってきていたので残念に思った。が、時間が来たので仕方なく書くのをやめ、おもむろに書の道具を片した。

一刻半《いっときはん》（三時間）の練習であったが、あっという間に時間が経っていた。

最後、両者が対座して甚右衛門から、

「今日はご苦労さん。次回は一週間後だ」

と念を押され、

「ご指導ありがとうございました」

と、孝和は師にお礼の言葉を述べ、深くお辞儀をして小林宅を後にした。

帰る道すがら、今日やった手習いのことがいろいろと頭の中を去来した。初日から書くことの難しさを知った。が、書に没頭した余韻がまだ残っていて、心は満足感でいっぱいだった。こんな体験を味わったのも生まれて初めてだった。

「ただいま！」

と、孝和の声も弾んでいた。ふみも、彼のその軽やかな声にいい印象を持ったのか快く迎えた。

「初めての手習いはどうでした？」

「楽しくて充実した、よい手習いでした」

と、また弾んだ声が返ってきた。

微笑を浮かべ軽快な返事をする孝和を見て、ふみは今回の手習いは順調にいったと思った。これが、このまま継続できればいいなとも思った。孝和が出かけた後、彼が果たしてうまくやっているか一抹の不安を抱いていたのだが、取り越し苦労だったことが分かりほっと胸をなで下ろした。

ふみはお八つの時間より少し早いが、孝和に声をかけ居間に呼んだ。茜にはお茶と煎餅を準備させ、持ってくるように伝えた。

そして、お八つを食べながら会話が弾んだ。孝和は、普段あまり口数の多いほうではないが、今日は気分がいいのか、口が滑らかだった。

その時、孝和はふみに、

「養母上《はは》、今日の手習いは初めてだったこともあり、楽しかったです。しかし、書いても思うように書けず、書くことの難しさを知りました。

その時、師からその日に習った字はもう一度家に帰ってから練習しなさいと言われ、これから練習したいのですが、道具があるでしょうか?」

と尋ねた。

すると茜がふみに言われて、文机と書の道具を準備した。孝和は、早速文机の前に正座し、墨を擦り始めた。甚右衛門から言われた通り、興奮の醒めやらぬうちにその日習った文字を家でまた練習し始める。

一文字を、一枚の和紙に数個書き練習した。それを数枚練習した。が、自ら納得できるような字は一つも書けなかった。他の四文字についても同様だった。

そこでは、自分でも早く上手になりたいという気が頭をもたげていた。書く理屈についてはは甚右衛門から指導され、頭で分かったつもりだったが、手と頭のほうはちぐはぐで筆が和紙の上についていかなかった。

孝和は、物事をやり始めるとそのことに集中する癖がある。周囲のことに全く気付かず目もくれずに打ち込んでしまうのだ。

練習して半刻（一時間）ほど経ってからだろうか、五郎左衛門がお役目から戻ってきた。

ふみは、五郎左衛門が帰って正装の裃《かみしも》を脱ぎ、小袖の着流しに綿入れを羽織るその着替えを手伝った。

その時、ふみは五郎左衛門に、孝和の初日の手習いが首尾よくいったことを伝えた。

五郎左衛門は「それはよかった」とぽつりと言って頷いた。

五郎左衛門はそっと孝和の練習している居間に顔を出し、後方から彼の練習姿を見た。五郎左衛門は彼の書く字を見ていた。形は整ってなく上手ではないが、墨をたっぷりつけて太く大胆に書いていた。上手でないにしろ、彼が一所懸命書く姿が周りに好ましい印象を伝えていた。

練習の区切りのいいところで口出しし、五郎左衛門は孝和を褒めた。

「初めてにしては、大胆で字に力があるな」

「いや、まだまだです」

と否定したものの、褒められて嫌な気はしなかった。

「あせらずに地道に練習すれば、上手に書けるようになるから心配するな」

と諭すと、

「頑張ります」

ときっぱりと言った。五郎左衛門は、その言葉に孝和の気の強さの一端を垣間見た思いがした。

孝和は、四文字を一通り練習してやめた。道具を片して自室に戻った。

それからの甚右衛門の孝和に対する指導法というのは筋道立っていた。まず甚右衛門は、なぜ手習いの最初に平仮名をくずしたいろは四十七文字から始めたのか、を説明した。それには理由があった。

その当時の書物は漢文体で書かれたものが多く、通常は漢字仮名まじりの和文体で書かれていて、そこには平仮名と片仮名が七〜八割を占めていたからだ。だから、この平仮名のくずし字が読めるようになれば、本の内容もおおむね理解できるようになる。そこで、その平仮名の読みを習得するというのが第一だと考えて教えたのである。

孝和は練習するごとに今日はどんな字を教えてもらえるのか、興味津々となって通った。通い慣れてくると、その日に練習する字の数も増えていった。その際、新しい字を覚えると共に書けるようになると、手習いの面白味が倍加していった。だから、その日が終わると早く次が来ないかと、心待ちにするほどだった。

そんなこんなで、このいろは四十七文字の仮名文字の手習いも終えた。この平仮名のくずし字が書け読めるようになると、次は日常生活で使う漢字へと移った。

父母と兄弟の名前から漢数字、一十百千万億といった桁の名、東西南北の方位の名称、穀物関連の文字や貨幣の単位などの文字へと進んだ。

甚右衛門自ら筆で書き、それを孝和に与えて練習させた。その時、公文書は、日本風の行書体の一つである「御家流《おいえりゅう》」の書体で記すことになっていたため、漢字は初めから行書体で練習し覚えさせた。

その後は、「名頭《ながしら》（または名尽《なづくし》）」と称した人の姓の頭字によく用いられる漢字や「村尽《むらづくし》」という村名を書いた漢字、さらに冠婚葬祭の時に使われる漢字など難しい漢字へと移って練習させた。

孝和は、このようにしてこの手習いで習う文字の数が増えてそれらを覚えるにつれて、次第に文字に対する関心も強まり、興味を覚え面白くなってきた。

ここで、覚えた語彙《ごい》の数が増えてくると、孝和は、今度はさらに書物を実際どの程度読めるのか、試みたくなった。つまり、自分で本を読んでみたいと思うようになったのだ。

ある日、孝和は夕餉の時、五郎左衛門に何気なく聞いた。

「養父《ちち》上、読むのに適当な何かいい本がありますか？」

孝和の突然の質問に五郎左衛門はちょっと驚いた様子で、

「それは、もちろんあるよ」

とつっけんどんに言った。少し間を置いて、

「孝和、どうして読みたくなったのだ。それはいいことなのだが……」

と言うと、孝和はおもむろに、

「今度の手習いで大分字を覚えたように思うので、実際どの程度本が読めるのか、挑戦してみたくなったからです」

「それは、いい心掛けだ。孝和のその前向きな姿勢がおまえの持ち味でいいところなのだ。その心掛けは何をやる場合でも通用し、これは人間が生きていく上で非常に大切なことなので、是非これからも持ち続けていこう」

と説教を交えて励ました。

「そうだな。前にも孝和に話したと思うが、武士の嗜《たしな》みとして必須の、儒学の『大学』から読んでみたらどうだ」

と言って立ち上がった。自室に戻ってその本を持って来て、孝和の前に差し出した。

「これだよ」

孝和はその少し大部の本を受け取って、中をぱらぱらとめくった。知らない漢字が行間に溢れ、埋められていた。

「養父上、この本をちょっと勉強したいので貸していただけますでしょうか？」

「いいとも。何か分からない点があったらいつでもいいから質問しなさい。読む時は、できたら声を出して読む音読がよい」

　と勧められた。

「どうしてですか？」

「黙って読む黙読より声を出して読むと、漢字がそのまま耳から音として入って自然と覚えられるからだ」

「黙読だけだとどうして駄目なのですか？」

「黙読だけでももちろんいいが、目の視覚だけで覚えるより、さらに耳から同時に聴覚として捉えたほうがそれだけ漢字を確実に覚えられるからだ。つまり、人間の身体に備わっている感覚器官を一つでなく、同時に幾つか使ったほうがそれだけ確実に覚えられるからだ」

　と孝和に諭すように教えた。

　その後、孝和は父から借りた『大学』を読み始めたが、手習いを通して覚えた漢字などの語彙ぐらいでは到底読めないことを知って愕然とする。音読どころでなく、その前段階の漢字そのものをほとんど知らず、読むどころではなかった。自分の考えの甘さや勉強不足を痛いほど知らされた。

それからというもの、本腰を入れてしっかり勉強しないと到底太刀打ちできないなと思うに至った。それで、さらに力を入れて一所懸命勉強し始めた。が、それでも孝和は、どうしたらいいか分からず、しばらくして養父に相談した。

「養父上から借りた本の漢字が難しくて読めません」

と正直に打ち明けた。そうしたら養父は、

「それでは、漢字に振り仮名のついた本があるからそれを素読するとよい。今はここにそのような本はないけれど、探して後で持って来てあげよう」

と答えた。数日経って、養父が振り仮名つきの本を持ってきて孝和に手渡した。

孝和は、それからその本を読み始め、それを通して知らずに漢字を覚えていったのである。このようにして、武士としての教養の下地を身につけていったのである。

（二）

孝和は、「読み・書き」を習った初午の日から数日経ってから源太郎宅を訪れた。

今度は、そろばんというのをまた新たな気持ちでもって習い始めた。源太郎は孝和を迎え入れると、両者は文机に対座する。

「よく来たな。さあこれからそろばんをやるが、今までやったことがあるか？　これからはそろばんの時代だ。だから、大いに励んで勉強し身につけなさい」

と、最初から威勢のよい元気な弾んだ声を投げかけられ、発破をかけられた。

それには孝和も驚いた。何のことやらよく分からずきょとんとしていた。

なぜこれからそろばんの時代なのか、もちろん孝和に分かるはずはなかった。

源太郎はそろばんをやる前に、まずその歴史について長々と話し始めた。

「このそろばんは、中国で発明された計算器具である。いつ頃発明されたかははっきりしないが、元《げん》の時代の末期に出現し、明《みん》の時代に著しく発達したと言われている。

日本には足利義満の室町時代に中国の明と交易を始め、その時、貿易商人の手を経てそろばんが博多や堺から輸入されたと考えられている。交易には当然、それ相当の算術力や計算力が必要なため、そろばんはその人たちにとって大変便利な計算道具として威力を発揮した。だからそろばんを使って加減乗除ができるようになると、外国との交易ばかりでなく、商売や築城、町づくりなどにも役立ち、種々の職業の人たちから歓迎される。

加賀藩の前田利家などは朝鮮出兵の際、九州の肥前名護屋城（現佐賀県）陣中にそろばんを持ち込み、戦場で兵糧・兵士・武器の数量などの計算に使用したと伝えられる。戦国大名の天下取りを進める活動にそろばんが使用され、普及する下地になったのだ。現に、その時使われたそろばんが現存している。

このようにこの頃には一部の人たちだけだが、このそろばんが使われていたのだ。

慶長五（一六〇〇）年九月（長月）、天下分け目の大合戦、関ヶ原の役が東軍の徳川家と西軍の豊臣家の間で起き、徳川家の東軍が一致団結して勝利を収め、その結果、徳川家康が征夷大将軍となり新しい天下人となった。そして、慶長八（一六〇三）年二月（如月）には、全国の大名たちを従えるようになったのだ。

そこで、家康は江戸に幕府を開く、つまり『江戸開府』を決断し、平安京を見本とした遠大な都市計画を立て、それを実現させるべく着実に実行に移した。

このように江戸開府の遠大な都市計画を実現させるため、築城や町づくり、商売なども活気づき、貨幣が社会を動かす量にまで達し、物の売買などにもその貨幣が使われるようになった。それに伴って、武士だけでなく一般庶民も計算ができないと仕事や生活に支障をきたすまでになったのだ。そこでは割り算までの計算が頻繁に出てきて、それができることが求められ、それでそろばんを習うという需要が増してきたのだ。

一方、それに対して慶長五年の関ヶ原の戦いで敗れた大勢の武士が浪人として排出され、旗本や御家人の中には泰平になっていく世の中に反発し、乱暴・狼藉《ろうぜき》をする者が現れて一般庶民に喧嘩を売って嫌がらせをするなど、殺伐とした雰囲気が生まれてきた。

そのような人の中に毛利《もうり》重能《しげよし》という人がいた。彼は池田輝政の臣とか豊臣秀吉の家臣とか言われているが、その後、浪人となって京都の二条京極に『天下一割算指南』という看板を掲げて塾を開き、算術やそろばんを教えた。世間では彼は中国に渡ってそこで『算法統宗』という本を入手し、珠算の技術を学んだと伝えられ、そして日本へ紹介したと言われる。だから、彼は中国の明の算学にも通じており、その上、教え方も上手だという評判がたって京都ばかりでなく、大坂（現在の大阪）その他の土地からも教えを受けにたくさんの人たちが集まってきた。

彼の弟子たちの中に後に有名な算学者になった人に今村知商《ともあき》や吉田光由《みつよし》などがいる。特に毛利の門弟である吉田光由著の『塵劫記《じんこうき》』の果たした功績は大きく、これによってそろばんによる計算が日本の津々浦々まで行き渡り、それが庶民の間にまで広がって大きな力となったんだ。

このように世の中が成長発展し、泰平になってくると産業や経済も盛んになり、そこで計算が必要となってきて、そろばんの果たす役割や存在が大きくなってきたのだ」と、講義のように滔々《とうとう》と話した。

孝和は、中には理解できず分からないところもあったが、内容は新鮮味に溢れ面白く聞いた。師のこの話で、「なぜこれからそろばんの時代だ」と言ったのか、その意味がおぼろげながら分かってきたような気がした。

「今まではそろばんの歴史について話したが、次は本題のそろばんを使って計算してみよう。そこでまず、その名称と計算する際、この珠をどう動かすか、その動かし方について説明しよう」

と言って、源太郎はそろばんを目の前に置き、指でさし示しながら動かし説明し始めた。

「ここにある横長浅底の箱がそろばんである。この箱の一本の長い横にのびたものが梁《りょう》で、そこを貫いている一本一本の縦のものが串《くし》だ。その串は銅線が使われている。その串の梁上には一個の珠が、梁下には四個の珠が貫いていて、そして梁上の一個の珠は五を、梁下の四個の珠は一をそれぞれ表している。この珠を上下に動かして加減乗除の計算をするのだ」（図1）

と説明した。

「では、そろばんでは自然数一～一〇〇までの数をどう表すか、その珠のはじき方について示そう」

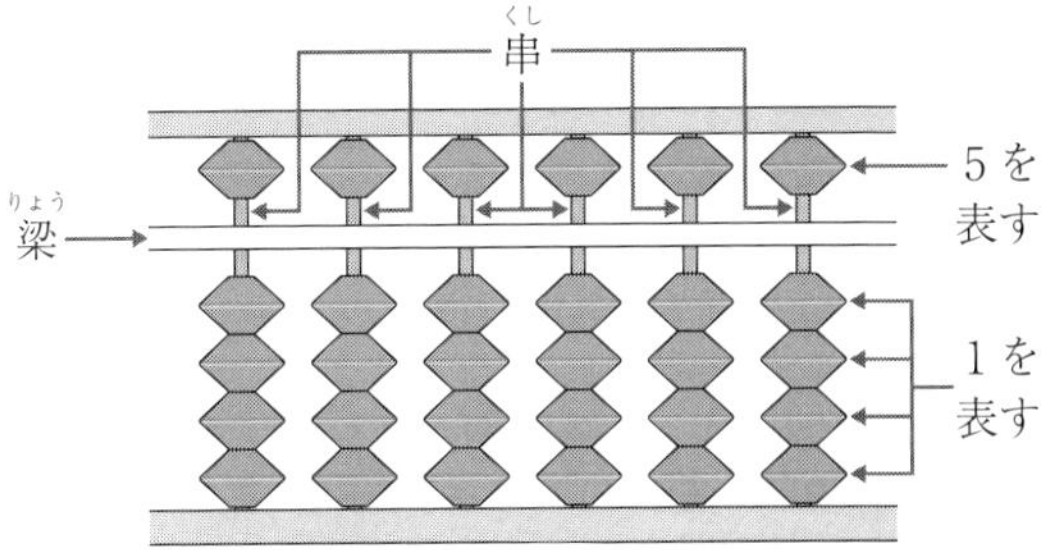

図１　（※わかりやすく現代でも使われている形とする）

と言って、親指と人指《ひとさ》し指《ゆび》を使って孝和に教え始めた。

「梁下の珠を上から順に一つずつ上にあげると一から四にまでなる。五は梁上の珠一個を下におろし、梁下の四個の珠をすべて下にさげる。次の六は梁上のその一個の珠と、梁下の一番上の一個の珠をあげる。七は梁下の二個の珠を、九は梁下の四個のすべての珠をあげる。次の一〇は、一位の桁の九の珠をすべて上下に払い、その左隣の桁（十位）の梁下の一番上の珠を一つあげる。一一は十位と一位の桁の梁下の一番上の珠を一つずつあげる。一二は一位の桁の梁下の珠二個を、以下一九までできる。二〇は、十位の桁の梁下の珠が二個上に、一位の桁の珠はすべて上下に払われる。以下同様にして九九までできる。一〇〇は、一位から桁を左に二つあげて（百位は十位の左隣）、そこの梁下の一番上の珠を一個上にあげ、十位と一位の珠は上下にすべて取り払われる。このようにして、そろばんでは一から一〇〇までの数が表されるのだ」

源太郎は孝和にそろばんの動かし方の見本を示した後、今度は孝和に、

「一から一〇〇までの数について、わしがやったのと同様にやってみなさい」

と促した。源太郎は、孝和の珠のはじき方を横後方から黙って見ている。

孝和は親指と人指し指を使って珠を恐る恐る、一つ一つゆっくりと動かした。最初はぎこちないのは致し方ないが、慣れない手つきで動かしていた。そのうちに少しずつ慣れてきて、動かし方もいくらか速くなってきた。

源太郎はそれを見ていて、特に指導することはしなかった。質問された時だけ答える。

一から一〇〇までを何回か繰り返し練習させた。すると、二本の指を使って珠を手際よく動かせるようになった。指による珠のはじき方が滑らかになった。覚えが速かった。呑み込みの早いのに源太郎も驚く。

書　名				
お買上 書　店	都道 府県	市区 郡	書店名	書店
			ご購入日	年　　月　　日

本書をどこでお知りになりましたか?

1.書店店頭　2.知人にすすめられて　3.インターネット(サイト名

4.DMハガキ　5.広告、記事を見て(新聞、雑誌名

上の質問に関連して、ご購入の決め手となったのは?

1.タイトル　2.著者　3.内容　4.カバーデザイン　5.帯

その他ご自由にお書きください。

(

本書についてのご意見、ご感想をお聞かせください。

①内容について

②カバー、タイトル、帯について

弊社Webサイトからもご意見、ご感想をお寄せいただけます。

ご協力ありがとうございました。

※お寄せいただいたご意見、ご感想は新聞広告等で匿名にて使わせていただくことがあります。

※お客様の個人情報は、小社からの連絡のみに使用します。社外に提供することは一切ありません。

■書籍のご注文は、お近くの書店または、ブックサービス(0120-29-96
セブンネットショッピング(http://7net.omni7.jp/)にお申し込み下さい。

郵便はがき

料金受取人払郵便

新宿局承認

1408

差出有効期間
2021年6月
30日まで
（切手不要）

160-8791

141

東京都新宿区新宿1－10－1

(株)文芸社

愛読者カード係 行

ふりがな お名前		明治 大正 昭和 平成 年生 歳
ふりがな ご住所	□□□-□□□□	性別 男・女
お電話 番号	（書籍ご注文の際に必要です）	ご職業
E-mail		
ご購読雑誌(複数可)		ご購読新聞 新聞

最近読んでおもしろかった本や今後、とりあげてほしいテーマをお教えください。

ご自分の研究成果や経験、お考え等を出版してみたいというお気持ちはありますか。

ある ない 内容・テーマ（ ）

現在完成した作品をお持ちですか。

ある ない ジャンル・原稿量（ ）

そろばんによる一〇〇までの動かし方が滑らかにできるようになったのを見計らって、源太郎は孝和に、

「丁度区切りがいいので、今日はこの辺で終わることにしよう。孝和、申し遅れたが、この勉強はわしの都合で隔週で行いたい。で、次回は、割り算の九九に相当する『八《はっ》算《さん》』から始めようと思っている」

と言って、次の課題を指し示して初回を終えた。

孝和は『八算』とは何か、を聞こうと思って喉まで出かかったがやめた。

孝和は家に帰ってからも、そろばんという新たな道具を使って計算する方法を学んだことに新鮮さを感じ、心は晴れやかだった。心が満たされ爽やかな気分だった。

「読み・書き」とは違う全く未知な分野を学んで、また人間としての幅を広げたなと思った。

夕餉に養父からそろばんのことを聞かれた時、孝和は、

「面白く楽しかったです」

と答えたら、養父は、

「それはよかったな」

と微笑を浮かべ、嬉しそうな態度で喜んだ。

「源太郎殿に分からないことは何でも聞き、そろばんを自在に扱えるまで学びなさい」

と激励され、孝和は明るい声で応答した。

「はい、頑張ります」

それから二週間後に、孝和は源太郎宅をまた訪れる。どんより曇ってはっきりしない天気で、少し肌寒い日だった。

源太郎は孝和を快く迎え入れる。

「今日は二回目。孝和、前回そろばんを初めていじってみてどうだった?」

「そろばんは、珠を指ではじいて簡単に計算できるのが魅力です。やってみる価値が大いにあります。是非ものにしたいと思います。今日も先生、ご指導よろしく……」

と丁重にお願いした。

「今回は、前にも言ったように『八算』から始めよう。これは割り算の九九でそろばんの基本なのだ。だから、これは練習しながらそらんじて覚えねばならない大切なものなのだ。これが分かれば、後の計算はその応用に過ぎない。それゆえ、絶対暗記しなければならない」

と諭された。

源太郎は、毛利重能著『割算書』の珠算書に書かれた内容を参考にして孝和に教えた。

「ところで孝和、『八算』という言葉を聞いたことがあるか？」

「いや、ありません」

「では、割り算は？」

「…………」

「割り算というのは、

〈被除数〉÷〈除数〉＝〈商〉

で求められる。その逆の演算、すなわち、

〈商〉×〈除数〉＝〈被除数〉

が掛け算なのである。従って、割り算をしてそこで得られた値が正しいかどうかは、検算としてこの掛け算を用いれば確かめられるということだ」

と説明した。さらに続けて、

「さて、『八算』というのは基数すなわち基礎として用いる数、つまり一から九までの数による割り算のことだ。つまり、『八算』は除数が一桁（二～九の八種類）の割り算をいう。掛け算九九の割り算版と考えればよい。除数が一の場合はもちろん計算する必要がないから、二、三、四、五、六、七、八、九の八通りの割り算をすればよい。その際、それぞれの場合の商と余りを求めるのにこの『八算の割り声』というのを使って計算するのだ。そこで計算道具としてそろばんが使われ、桁については考えず一も一〇も一〇〇も同じ扱いになるのだ。

掛け算九九の場合は小さい数から唱えるが、割り声のほうは大きい数から唱え始めるので紛らわしいことはない。例えば、掛け算九九では『三六十八』（さぶろくじゅうはち）とは言うが、その逆の『六三十八』（ろくさんじゅうはち）とは言わない。それは、小さい数の三から唱え始めるからだ。それに対し、八算の割り声では『三二六十二』とは言うが、『二三六十二』とは決して言わない。大きい数の三から唱え始めるからだ。

では、八算の割り声の意味について述べてみよう。そろばんでは被除数を右に、除数を左に置いて計算する」

と言って、計算する割り算の数を左右に置き、その珠を指ではじき指し示しながら以下のことを孝和に実演していった。

一、「一の段」割り声：

「一進一十」　1÷1=1

「二進二十」　2÷1=2

「三進三十」　3÷1=3

…………　…………

「九進九十」　9÷1=9

〈説明〉

一進一十は「いっしんのいちじゅう」と読み、一を一で割れば一ということである。そろばんでは、被除数の一を払い、その上の桁に一を加え（位を一つ進め）てこれを商と見、この一は下の桁から見れば一〇だから「一進一十」と書くのである。「二進二十」「三進三十」……「九進九十」は、二、三……九それぞれを一で割れば、二、三……九であるということを意味する。ただ割り声では、被除数、除数の位取りを無視しているので、「一進一十」の一は、十・百・千……の位の一でもよいし、また分・厘……の位の一でもよく、これは二の段以降でも同じである。

二、「二の段」割り声：

「二一天作五《てんさくのご》」 10÷2=5

「二《に》進一十《しんのいちじゅう》」 2÷2=1

…………　…………

「八進四十」 8÷2=4

〈説明〉

「二一天作五」は、一を二で割ると五になることを言い表している。そろばんでは、一〇（その桁だけ見れば一）を払って同じ桁に五を加える。「二進一十」は二を二で割れば一になるが、そろばんでは被除数の二を払い、上の桁へ商を一加える。「八進四十」も同様で、八を二で割れば四で、そろばんでは被除数の八を払い、上の桁に四を加える。また三、五、七、九を二で割ることも二の段の割り声でできる。例えば、九を二で割る時、「八進四十」で九のうち八を払って上の桁へ商四を加え、残りの一を「二一天作五」で五になり、よって商は四・五である。

源太郎は、「二の段」の割り声を説明し終わると、孝和にそれを言ってごらんと復習させる。孝和が、

「二一天作五」

と言うと、

「では、それをそろばんでやってみなさい」

とはじかせた。それができると、

「よくできた！」

と言って褒めたたえる。孝和のやる気を促すためだった。それから次は、と言って次々に言わせ、それをそろばんではじかせた。教えたその場で暗記させ、覚えさせるためだ。若い時は、吸収力が旺盛なためすぐに覚えることができる。それを繰り返しやって身体で覚えたらしめたものだ。若い時に身体で覚えたものは一生忘れないからである。

源太郎の信念として、物事の基礎・基本は若い時にたたいて鍛え、覚えさせるのが肝心だと考えてそれを孝和に実践していたのだ。

一通りできると、次は「三の段」と言って進んだ。

三、「三の段」割り声：

「三一三十一」　10÷3＝3　（余り）1

「三二六十二」　20÷3＝6　（余り）2

「三進一十」　3÷3＝1
「六進二十」　6÷3＝2
「九進三十」　9÷3＝3

〈説明〉
「三一三十一」は一〇を三で割ると商は三、余りは一になるが、そろばんではこれを、一〇を表す一を三にし、下の桁に一を加える。「三二六十二」は、二〇を三で割ると商は六、余りは二である。これは「三一三十一」を二度繰り返したものと同じである。「三進一十」「六進二十」「九進三十」はそれぞれ三、六、九を三で割ると商は一、二、三で、これですべての数を三で割ることができる。

源太郎は、孝和に前と同様、「割り声」を言わせ、同様にそろばんをはじかせた。間違えたら「違う」と言ってもう一度繰り返させ、一つひとつ確認しながら進めていった。

「今日は『三の段』の割り声のところまでにしよう。時間が経つと忘れてしまうので、今日やった『一の段』から『三の段』の割り声までのところを、忘れないうちに懐紙に書こう」

と言って、書の道具を用意して孝和に書かせた。

孝和が「一進一十」「二進二十」……「九進三十」と一つひとつ書くのを源太郎が後方から見ていて、途中間違えたり抜けたりすると、注意して書き直させた。

一通り書き上げると、

「次回まで間《ま》があるので、これをもう一度家で練習して確実に暗記しておくように」

と勧めた。

数日後、源太郎が勘定方の役に就いている時、五郎左衛門と少し会話をした。

「息子がお世話になっております。息子も、貴殿から習う指導法が分かりやすく『面白くて楽しい』と喜んでおりました。ところで、息子の受講態度のほうはいかがですか?」

と問うた。

「真剣に受ける前向きな姿勢の受講ぶりに感心しておる。教えた内容を懸命に覚えようとする姿勢がありありと窺われ、教えていても爽快で本当に教え甲斐がある。それに呑み込みも早く素晴らしく、わしのほうがむしろ驚いているくらいだ。わしの見るところ、貴殿のご子息は算術の天賦の才を賦与されているように見受けられる。潜在的な能力を秘めていて素晴らしいものがあり、将来が楽しみだ」

「いやいや、それはちょっと褒め過ぎではありませんか。貴殿も息子を数回しか教えていないし……」

「そうかも知れないが、とにかくいいものを持っていることだけは間違いない。わしも今まで子供を何人も教えた経験があるが、これほどの子は初めてだ」

「源太郎殿から、わが息子をそこまでほれ込んでいただき光栄に存じます」

と、五郎左衛門は逆に恐縮した体《てい》を示した。

五郎左衛門は、帰ったその日に孝和に、

「源太郎殿が、おまえのことをたいそう褒めていたぞ」

と伝えると、孝和もまんざらでもなさそうに微笑を浮かべて聞いていた。

「源太郎殿は、おまえに相当期待をかけておられるから、その期待に違《たが》わぬよう大いに励んで精進しなさい」

と激励された。孝和も、褒められて悪い気はしなかった。そろばんを初めて習ったが、新しいことを覚え、新鮮な気持ちでさっと頭の中に入っていった。それも抵抗もなくである。それは好きな証拠かも知れないと思った。とにかく、やっていて楽しかったのである。

それから数日経って、中嶋左衛門丈が五郎左衛門に申し訳なさそうに声をかけた。

「五郎左衛門殿、実は貴殿から頼まれた例の馬廻り役の人の件だが、その人はどうしても都合がつかず教えられない、と断られてしまった。せっかく頼まれたにもかかわらず責任を果たせず相済まぬ」

と丁重に謝った。

「いやいや、こちらこそ左衛門丈殿にご無理なお願いをし、こちらのほうがむしろ恐縮しております。縁がなかったのです。仕方ありません。あまり気になさらないでください」

と五郎左衛門のほうが逆に慰めるしかなかった。

その後、孝和に対し五郎左衛門は、

「おまえの剣術指南役として馬廻り役の人を当たってみたけれど、残念ながら適当な人が見つからなかった、と報告を受けた」

と告げ、そして、

「刀は武士の生命《いのち》だ。武士たる者、何人《なんびと》も剣術に励まねばならぬ。そこで孝和、代わりに家の空地で木刀を振って励んでみたらどうだ」

と提案したら、

「やります」

と、孝和はきっぱりと言い放った。

それからは、孝和は気が向いた時の朝か夕方に木刀を毎日振った。振ると、心地好い汗をかいて気持ちがよかった。

一方、そろばんのほうは隔週で源太郎宅を訪れ学習した。

源太郎宅では、前回の続きから始める。

「前回やった『一の段』から『三の段』の割り声を覚えているか、言ってみよ」

と復唱させ、同時にそろばんの珠もはじかせた。

「よくできた。それでは、今日は次の『四の段』の割り声から始めよう」

と言って始める。

四、「四の段」割り声：
「四一二十二」　10÷4＝2　（余り）2
「四二天作五」　20÷4＝5
「四三七十二」　30÷4＝7　（余り）2
「四進一十」　4÷4＝1
「八進二十」　8÷4＝2

〈説明〉

「四一二十二」「四二天作五」……「八進二十」など、いずれも前の例と同様に考えることができる。

孝和は源太郎に促され、この「四の段」の割り声を言い、そろばんをはじく。これまでの割り声から推し計って簡単に言え、かつそろばんをはじくことができた。

源太郎はできたのを確認すると、

「次は『五の段』だ」

と言って進める。

五、「五の段」の割り声：

「五一倍《ばい》作《そうの》二《に》」　10÷5＝2

「五二倍作四」　20÷5＝4

…………　………………

「五進一十」　5÷5＝1

〈説明〉

「五一倍作二」は、一〇を五で割ると二で、一（被除数の一〇）を二倍の二にするのである。「五二倍作四」以下も同様である。

この段辺りにくると、孝和も慣れてきて割り声を聞くだけでそろばんをはじくことができた。要領が次第につかめてきたからだ。

「孝和どうだ。これまでの割り声を勉強して段々慣れてきただろうから、次の『六の段』以降もそれらに類似するゆえ、続けて一気に説明したいと思う。途中分からない箇所があったら、その時点で質問しなさい」

と言って、「六の段」以降を説明し始める。

六、「六の段」割り声：

「六一《ろくいち》加下四《かがのし》」　10÷6＝1　（余り）4

「六二三十二」　20÷6＝3　（余り）2

……………　……………

〈説明〉

「六一加下四」は、一〇を六で割ると商は一、余りは四で、そろばんではこれを被除数の一〇をそのまま商の一と見て、下の桁に四を加え、これが余りである。「六二三十二」以下も同様である。

「六の段」割り声の説明が終わると、「七の段」……「九の段」割り声へと進み、それぞれを説明した。

最後は、

「九進一十」　$90 \div 9 = 10$

で終わった。

源太郎が一通り説明し終わると、孝和に、

「それでは、これまで説明した段の割り声を唱え、併せてそろばんをはじいてみよ」

と言って、やらせた。

孝和は、

「六一加下四」

と元気よく唱え、同時に指ではじく。初めてなので割り声はすらすらと言えなかったものの、考えながら一つひとつ唱えていき、同時にそろばんをはじいた。

最後に、「九進一十」の割り声を言ってはじき終えると、源太郎が、

「一度しか説明していないのに本当によくできた」

と褒めたたえ、と同時に驚いた。

「今日は、割り声を懐紙に認《したた》める時間がないので、家に帰ってから認め、併せて暗記せよ。もちろん、そろばんの練習もだ。次回は、その割り声を書いた懐紙を持って来なさい」

と課題を与えて、学習を終えた。

家では孝和は、「八算」の割り声を唱えながら懐紙に書いて覚える。同時に、そろばんの珠を指ではじいて身体でもって覚えた。その上、師から検算として掛け算を併

せて行うと計算間違いがなくなると教えられていたので、それをやるのも忘れなかった。

割り算と掛け算の両方をやると短時間にしかも効果的に覚えられ、一挙両得であると思ったからである。それだけではない。この乗除の計算の中には当然加減も含まれているので、自然と四則の計算も身につけることになるからである。

孝和は「八算」の割り声を家で十分練習して、次は大変意気込んで源太郎宅に赴いた。

源太郎は、前回課題に出した割り声を書いた懐紙を提出させる。どれどれと手に取って、懐紙に目を通す。少し大きめの幼い字で書いてあった。間違えていたり、抜けたりしているところはなかった。

「それでは八算を一通り学習し終えたので、それらを完全に覚えているか、もう一度すべて言ってみなさい」

と言って、孝和に割り声を唱えさせ、同時にそろばんをはじかせた。

孝和は、割り声は突っかえることなく滑らかに言えた。そろばんをはじく指の動きも滑らかだった。

上達した後が窺われた。若い者は本当に上達が早いなと、源太郎は実感する。源太郎が今まで教えた子供たちは、普通数回練習してやっと覚えたのに、彼の場合は、教えたその場で覚えてしまうのだから、その聡明さに舌をまいた。末恐ろしい子だと改めて思った。

源太郎にとっては逆に教え甲斐があり、将来が楽しみだと思って、彼自身今まで勉強したことをすべて教えようと思った。

「八算」を教授し終えると、源太郎は、

「次は『見一《けんいち》の割り声』に移ろう」

と先を促した。

「まず『見一』が『八算』と大きく違うのは、『八算』の割り声の除数が一桁であるのに対し、『見一』の場合は、それが二桁だということだ。

『見一』というのは、一〇いくつかの二桁の数で割る時の『割り声』を言い、『見二』は二〇いくつかの数で割る時の『割り声』を、次下『見三、見四……見九』と除数が二桁の数の除法の『割り声』を言い、このことから九通りの割り声を総称して『見一の割り声』と呼んでいる」

と説明した。さらに話を続ける。

「ここで注意すべき点は、除数が二桁以上の割り声であっても商を立てる時の原則は、除数と被除数の最高位の数（一桁）を見て『八算』の割り声を使い、もしこれができない場合は『見二』の割り声を使うということだ。例えば、二桁で割る場合の例として100÷11の計算を考えてみよう。一〇〇を九〇と一〇に分け、一一の一〇の九倍の九〇と、一一の一の九倍の九をそれぞれ引くと一が残り、これが余りとなる。また100÷12の時は、一〇〇を九〇と一〇に分け、一〇の九倍と二の九倍をそれぞれから引くと引けないので、八〇と二〇にする。そして一〇の八倍と二の八倍をそれぞれ引くと四が残り、これが余りとなる。このようにして二桁で割る場合の計算をするのだ」

と言って教えた。そこで、源太郎は孝和に例題を出した。

「大判の金貨は四十四匁《もんめ》であるから、四四で割る『金子《きんす》四四割』の計算をやってみなさい」

「一〇〇を八〇と二〇に分け、四四の四〇の二倍の八〇と、四四の四の二倍の八をそれぞれから引くと一二が残り、余りとなる」

「よくできた！　さすがだ。では、もう一つ三〇〇の場合の計算はどうなるか、やってみなさい」

と促すと、孝和は少し考えて、

「それは三〇〇を二八〇と二〇に分けて、四四の四〇の七倍の二八〇と四四の四の七倍の二八をそれぞれから引けないから、三〇〇を二四〇と六〇に分けて計算するとよい。つまり、四四の四〇の六倍の二四〇と四四の四の六倍の二四をそれぞれから引くと三六が残り、余りとなる」

と割合簡単に答を出した。

（孝和は『八算』を理解しているから、除数が二桁の場合の割り算もその応用ゆえ、簡単に計算できるのだ）

源太郎は勝手に解釈し、孝和に感心する。

孝和は、「八算の割り声」はそろばんで何回も練習しているうちに自然と覚えてしまった。それゆえ、この基本を覚えてしまうと、二桁の除数による除法の「見一」もその応用なので簡単に計算できることが分かった。孝和は自分でもよく分からないけれど、それほど努力しなくてもこれらのことが自然と頭の中に入っていき覚えられた。

孝和がこれらの計算ができるようになると、源太郎は、

「この『八算』『見一』まで知っていれば、日常生活で使う計算はほぼできるようになり、何不自由することはない」

と言って安心させた。

孝和は、「八算」「見一」のそろばんによる機械的な計算に習熟してくると、段々計算の勘が養われ暗算の力も身についていった。簡単な計算ならそろばんをはじかなくても、頭の中でさっと計算ができるほど腕が上がっていた。

それからというのは、次のような内容が順々に教えられた。

「少し難しいけれど、次に『開平《かいへい》』についてやってみよう。これは平方根を求めるものので、今までの加減乗除の四則計算に比べると難しく面倒だぞ」

と孝和を脅した。源太郎は、たまには難しい計算を出して孝和を困らせてやろうと、悪気はないけれど変な気持ちが頭をもたげた。

孝和のほうは逆にどうやって計算するのだろうと、興味津々となって源太郎の説明を聞く。また新しいことを覚え、知ることができるのかと思うと胸がわくわくした。

「それでは、面積が一九六の正方形の一辺の長さを求めてみよう。そろばんでは次のようにして計算する」

と言ってそろばんを目の前にして珠を置き、はじきながら説明し始めた。

「まず、そろばんの右を実《じつ》としてここに一九六を置く。

(図2-1において) ①の桁から一つとびに一十百と上げると②の桁は十でその上には数がないので、商は二桁の数であることが分かる。そこで、③の桁に一と置いてみる (二は2×2＝4で、この四は②から引けないことからすぐ分かる)。

つまり、1×1＝1で②の一から引くと0になる (図2-2)。

この残った九六を半分にし、四八となる (図2-3)。

実の四八のうち四〇を初商の一〇で割ると四であるから、次商として四をたてる。

初商の一〇と次商の四を掛けた四〇を実から引くと実は八が残る（図2−4）。

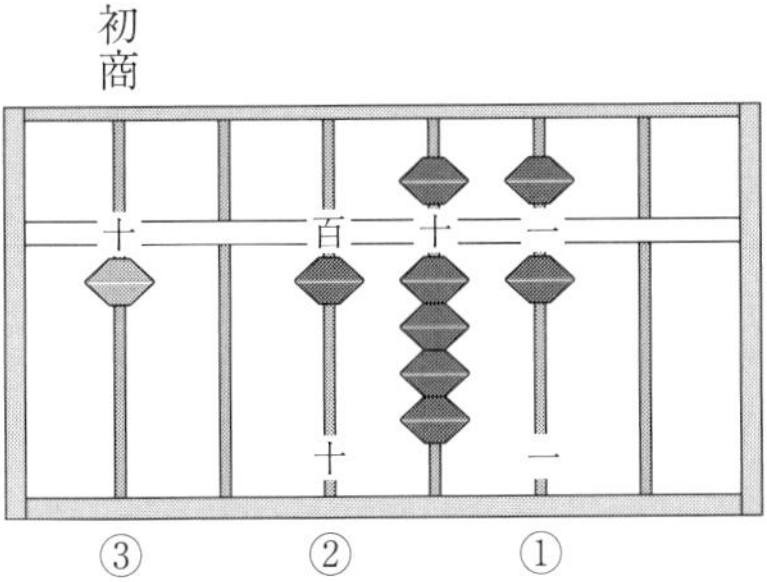

図2−1

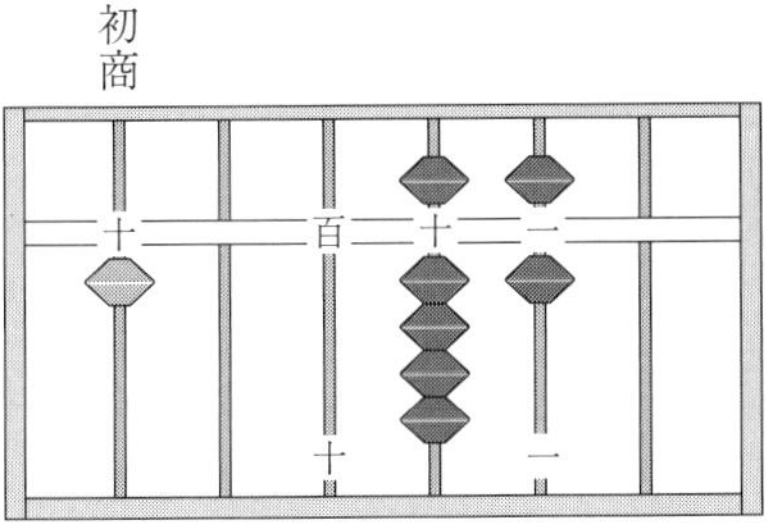

図2−2

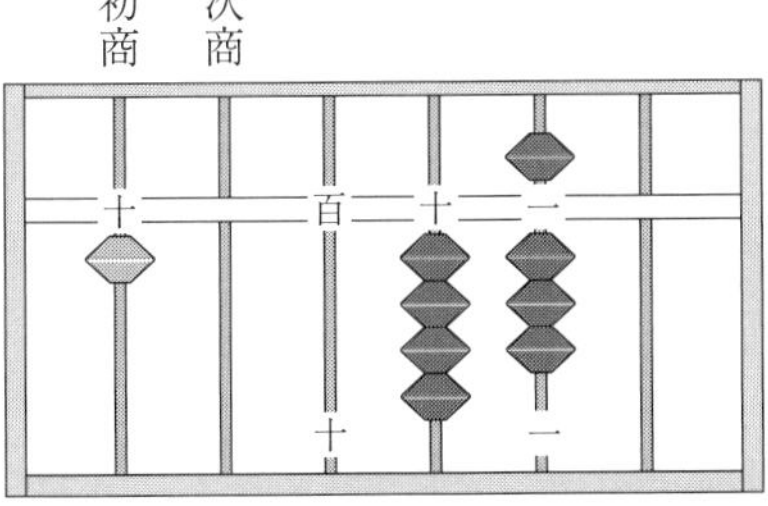

図2−3

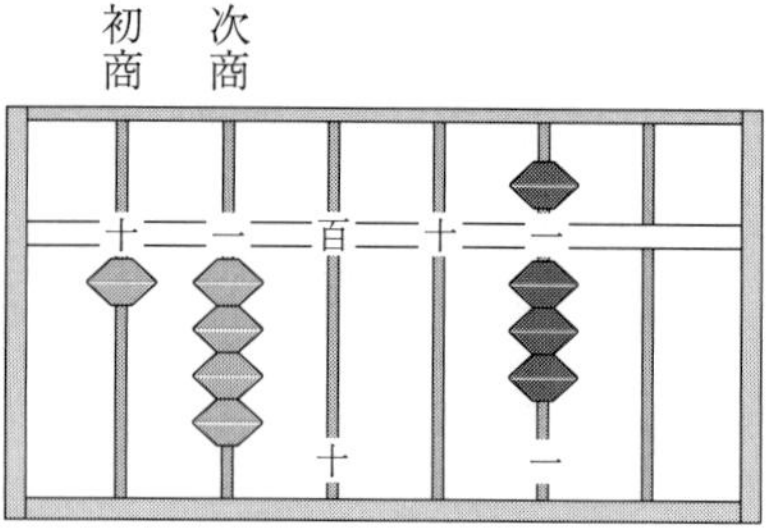

図2－4

ここで、四の半九九「四四の八」（九九は「四四十六」になるが、一六の半分の八にして半九九は「四四八」となる）と言って八を実から引くと実は0となり、これより答は一四である」

源太郎は「開平」の計算の説明をし終わると、

「孝和どうだ、開平は計算が少し面倒だが、やり方は分かったか？

念を押すが、まずそろばんの右を実として一つとびに一十百千と上げていき、初商が実の左端の数からどこの桁であるかを確認して引き、残りの実を半分にして次商を求め、半九九を使って答を求めるのだ」

とやり方を再度説明した。しかし源太郎は、

「この『開平』の問題は計算が厄介で、もし興味があるならわしが説明したのを思い

起こして、家に帰ってもう一度復習してみたらいい」

と言って、それ以上はやらなかった。

孝和は、その日は帰ってから今日習った開平の問題を復習した。師の出した問題だけでなく、さらに自分で適当な数を二乗してそこで求めた数の開平をそろばんを使って計算し、そのやり方をしっかり頭に叩き込み確認した。

孝和の性分は、物事をあいまいな状態のままにしておくのが嫌いなことだった。中途半端にしておくと、どうも気持ちの上ですっきりしないのである。自ら納得するまで物事をやり通すところがあり、それが性癖でもあった。それゆえ、納得できた時はわだかまりもなくなり、気持ちが清々《せいせい》した。

次の時、源太郎は、

「そろばんの基礎的なことを一通り学習し終えたので、次はそれが実社会でどう使われて役立っているか、勉強していこう」

と、日常生活に欠かせない問題を取り上げ、解説した。

「まず、貨幣の問題について取り上げよう。なぜなら今、貨幣で物品を買う習慣が一般に広がっているからだ」

　と、源太郎はおもむろに話し始める。

「家康公が、慶長六（一六〇一）年に初めて慶長大判・小判・一分金《いちぶきん》の三種を鋳造するよう命じた時から貨幣経済が本格的に始まっていった。それからは人間と金との関係、つまり両者の格闘が始まったのだ。初めは幕府の権威の座にある者が貨幣を作りまくり、握り占め、そして使いまくって広がっていった。

　貨幣というのは、孝和も知っているように、金《きん》・銀・銭《ぜに》の三種類がある。金は金を主成分とする大判と小判など、銀は純銀の灰吹《はいふく》と純度〇・八の丁銀《ちょうぎん》など、銭は銅貨で円形で中央部に穴が開いているものだ。

　大判は十両で、主に贈り物として使われている。小判は大判と同様に作られ、一枚で一両だ。小判より下の金貨は四角い一分金、二分金、一朱金、二朱金となり、単位は四朱が一分で、四分が一両だ。金貨はこのように四進法が用いられ、江戸を中心とした東日本で主に使われている。

　一方、銀貨は大坂を中心に使われていて、それは重さによって価値が決まる秤量《ひょうりょう》貨幣で貫《かん》・匁《もんめ》・分《ぶ》・厘《りん》といった十進法が用いられる。銀貨の基準になるのは純銀で、灰吹銀がそれに相当する。実際に使われているのは丁銀で、純銀〇・八で金一両当たりの『相場』は銀六十目《め》（例えば、四十三匁などのように一の位に数がある場合は「目《め》」ではなく、「匁」を使った）だ。他に丁銀と純度が同じの、小さな粒状の豆板銀も実際に使われている。

金や銀は多額の物の売買に使われるのに対し、小額の物の売買には銭が使われる。これは日本国中共通して使われており、単位は『文《もん》』だ。銭は九十六枚で百文とする慣習があって、実際その銭の穴に糸を通してその九十六文をひとさしにして百文として通用しているのだ」

と解説した。続けて、

「孝和、先ほど金貨は江戸を中心とした東日本で主として使われる一方、銀貨は大坂を中心とした西日本で使われると話したが、そのことから当然、両貨幣間で交換が必要となることは言うまでもない。そこで、この換算に関する例題を出してみよう」

と言って出題した。

「今ここに小判が一七五両ある。金一両当たり銀六十目の相場であるなら代銀はいくらか？」

と、孝和は早速そろばんをはじいて、175×60＝10500と計算し、

「十貫五百目」

と答える。この問題は小判百七十五両に相当する銀を求めるものだ。「相場」とは金一両当たりの銀の値で、六十目と示したものである。

「孝和どうだ、今まで『八算・見一』を勉強し理解しているから、それほど難しくはないだろう」

「先生のご指導のお蔭でできました」

「次は、他人から金や銀を借りた場合の利息の問題について考えねばならないが、これはそれほど難しい問題でないので、ここでは割愛したいと思う。それより米の売り買いにそろばんがよく使われるので、その問題を考えてみたいと思う。なぜなら、幕府は年貢を収入の基本としているからだ。それに、米相場というのは年により価格が変動する。その年の収穫量というのは気候に左右されることが多いからだ。そこで次

の問題、例えば、米一石につき銀二十三匁七分五厘が相場である時、銀十三貫四百八十五匁二分五厘では米がどれだけ買えるか？」

と、また例題を出した。

孝和は、銀十三貫四百八十五匁二分五厘を銀二十三匁七分五厘で割ればいいと分かったが、貫と匁の関係について間違いがないよう改めて確認のため聞いた。

「貫と匁はどういう関係になってますか？」

「貫・匁・分・厘などは重さの単位だ。そして、匁は貫の千分の一の単位である」

と説明した。

そろばんによる計算は少し面倒だけれど、孝和は珠をはじき始め、計算し終わると、

「五百六十七・八です」

と答えた。

「孝和、答は合っているが、体積の単位は分かるか？」

「いいえ、知りません」

「体積の単位は、ますを使って測る米の量の問題と密接に結びついている。一石は十

斗《と》、一斗は十升《しょう》、一升は十合《ごう》などだ。だから孝和が求めた答は五百六十七石八斗ということになる」

と分かりやすく説明してくれた。孝和は、その話を聞いて納得し頷く。

その後の、源太郎の孝和に対する学習内容は高度で難しくなっていった。今までの単純に計算して求められる問題とは違い、考えないと求められない算学的な問題が多くなっていった。当然、孝和にとって聞いても分からない箇所が多くなった。

例えば、円周や円の面積などを求める際、円周率として3・16（現在の3・14でない）が用いられた。孝和は、円周率としてどうして3・16が使われるのか理解できなかった。

「先生、なぜ円周率は3・16なのですか？」

と問い質《ただ》した。

源太郎もよく分からないのか、

「そうだからその通り覚え、それを使って計算するしかない」

と言うだけだった。

孝和には、その師の説明がどうしても合点がいかず納得いかなかった。ただ覚えてそれを使って計算すればいいと言われても、背後にはその値を使う理由があるはずだと思ったからである。

師からまたほかに、

「円の面積は直径の二乗に0・79を掛けて求める」

とも言われた。その時も、孝和はなぜ0・79を掛けるかが分からず聞いた。その時は、

「円の面積は半径の二乗に比例するから、直径だとその二分の一でそれを二乗すると四分の一になり、先ほどの3・16をその四で割れば0・79になる。よって、それを掛ければよいということだ」

と説明してくれた。

その後、源太郎は桶や壺《つぼ》の容積、球の体積なども細かく説明した。ここまでくると、さすがに孝和の頭でも師の解説に付いていくのがしんどかった。

桶や壺や球にしろその体積を求めるには、立方体や直方体のように形がはっきりし

ているものなら求めやすいが、このような曲線形のものになると求めにくく、物の形を幾つかの部分に分けて計算し、それらを足し合わせて近似的に求めるしかないということも知った。もちろん、それらをそろばんで計算するのは面倒くさかった。

孝和は、師の説明は難しくてよく分からなかったが、形が複雑なものの面積や体積を求める場合、どのようにしたらいいかその都度師の示唆を得、いい勉強になった。それに孝和は、これまで師からそろばんを使ったいろんな事例の説明を受け、算術で扱う分野の広いことに驚いた。しかし、これまで教えてもらったものだけでなく、算術で扱える分野はまだまだほかにもたくさんあるのではないかとさえ思った。

孝和は、この二年半ほどの間にそろばんを使ったいろんな計算例を源太郎から教わった。それらの学習を通してそろばんの面白さを知り、そしていろんな分野に活用できることを知って一層興味・関心を覚えた。と同時に、これからもやってみる価値が大いにあるなと、実感した。

慶安二（一六四九）年八月（葉月）末の巳ノ刻（午前十時）頃、しのぎやすい穏やかな天気の日に、源太郎が五郎左衛門宅を訪れた。

ふみが玄関に出る。源太郎はふみに促されて部屋に通された。そこに五郎左衛門が顔を出し、すぐ後に孝和も呼ばれて同席した。

五郎左衛門は、源太郎が今頃来るのはおかしい、どうしてだろう、ひょっとして孝和が何か事をし出かしたのではないか、と疑った。不安が頭をよぎったのだ。しかし、源太郎にはその気持ちをぐっと押し殺して、

「この度の孝和へのご教授、大変お世話になっております。息子も貴殿からのご教授に満足しているようで、親としてもほっとし感謝しております」

とお礼の言葉を述べた。

ところが、源太郎から発せられた言葉は、五郎左衛門の思いとは全く違ったものだった。

「いやいや、ご子息には大したことも教えられませんでした」

と謙遜した意外な言葉が返ってきた。それからしばらくしておもむろに話を続けた。

「実は今日、突然お伺いしたのは理由《わけ》があってのことだ。勤務中に貴殿に話してもよ

かったのだが、せっかく所望されてご子息を預かっているのに、そこでお話しするのは失礼だと思い、それで今日このようにお伺いした次第だ」

と申し訳なさそうに言った。

「これまで月二回の割で貴殿のご子息を預ってそろばんを教えたが、わしとしてはもうご子息に教える内容がなくなってしまい、この辺で辞めたいと思って伺ったのだ。

それにしてもご子息は利発で、一回教えただけですぐ呑み込み、理解し、その理解力の早さにただただ驚いておる。本当に賢い子だ。わしにとっては本当に教え甲斐のある子で、逆に彼を通してわしのほうが勉強になったほどだ。この間実感したのは、ご子息に算術に関して天賦の才があるなとつくづく思ったことだ。

現段階では、わしの指導の手に負えない状況になってきたので、この辺で算学のその方面に長《た》けた先生に教授してもらったら、彼の持っている潜在的な能力はもっと引き出され顕在化されるのではないかと思ってこのように決断したのだ。ただわしの身の周りにはそのような人がいないので紹介できないのは残念だが、このことはわしの心に留めておきたいと思う。

ご子息とは二年半ほどの指導だったが、その間、わしにとって充実した楽しい時間を過ごすことができ満足しておる」

と孝和に感心したたえた後、今度は彼に向かって、

「指導中時には厳しいことを言ったり、叱責したり、あるいは課題を出したりなど無理難題を言うこともあったが、よくぞそれに耐えてついてきてくれた。わしの指導はこれで終わることになるが、そろばんを使った事例は教えたものだけでなくもっとほかにも幅広く活用できることから、今後も是非興味をもち続けてさらにその奥を極めて欲しいと思う」

と言って、孝和の今後の精進に期待したのである。孝和は、

「二年半ほどにわたって拙い私に懇切なご指導を賜り、本当にお世話になりました。ありがとうございました。

先生のご指導によりそろばんがいろんなところで用いられていることを知り、興味・関心を持つことができました。それと同時に、人間としての幅も広げることができて幸せに思っております。とにかく、楽しい勉強をさせていただき本当にありがと

うございました」

　とお礼の言葉を述べた。

　源太郎は、孝和からこのような言葉が返ってくるとは思っていなかったので、それを聞いて指導者冥利に尽きると思った。

　一方、それを傍らで聞いていた五郎左衛門も、

「息子のことをいろいろと思ってご指導してくださり、その上、格別のお褒めの言葉まで頂戴し恐縮しておる。むしろこちらのほうこそ感謝しなければならぬのだ。とにかく、貴殿には息子の長所を見つけていただきありがとうございました。この言葉を重く受け止め、肝に銘じて精進させ何とか貴殿のご期待に添えるよう努力させたいと思う」

　と源太郎に約束を誓った。

　五郎左衛門は、源太郎が帰る際、ふみが持ってきた木綿一反を受け取って、それを、

「つまらない物ですが、お収めください」

　と差し出した。お礼として手渡したのだ。が、源太郎は盛んに手を振って拒むが、

関夫婦からほんの心ばかりの物を是非受け取ってくださいと何度となく言われ、
「かたじけない」
と言って受け取った。

（三）

慶安四（一六五一）年四月（卯月）二十日、三代将軍家光は突然脳卒中により他界した。そこで、長男家綱がわずか十一歳という若さで、四箇月後の同年八月（葉月）十八日、急遽四代将軍に就任した。

翌慶安五（一六五二年、この年の九月〔長月〕十八日に承応と改元）年五月（皐月）初旬の午《うま》ノ下刻（午後一時）頃小雨の降る中、突然関家に思いも寄らぬ来客があった。

妻ふみが玄関に出ると、

「こんにちは。私は駿河の商人、松木新左衛門（第三代の与右衛門宗今、新斎ともいう）と申しますが、ここは関五郎左衛門殿のお宅でしょうか？」

と尋ねた。

「はい、そうですが……」

「実は先ほど内山永貞殿のお宅をお伺いしましたところ、孝和様は貴家に養嗣子として来られ、今はいないと言われました。そこで、その家を尋ねましたら教えてくれ、そしてここに参った次第であります」

と言うと、

「少々お待ちください」

と言って、ふみは後ろに下がった。

その日はたまたま、五郎左衛門が非番の日だったので在宅していた。

今度は、代わりに五郎左衛門が出てきた。

「わしは当主の関五郎左衛門だが、何用かな?」

「突然の訪問お許しください。実は、私は駿河の商人松木新左衛門と申しますが、ここにかつて亡き内山永明殿の二男孝和様が養嗣子としておられると聞いて伺いました」

五郎左衛門は、孝和のことを知っておりそのことで話がありそうな雰囲気で、それも長くなりそうな感じがしたので、ここで立ち話をしてもらちが明かないと思い、

「さあさあ、狭くて汚い所だがお上がりください」

と言って部屋に上がるのを勧めた。

「いやいや、ここで結構です。すぐ帰ろうと思っておりますから……」

「そんなことを言わずお上がりください。どうぞどうぞ」

と言って強く勧めた。

「では、お言葉に甘えて上がらせていただきます」

その時、新左衛門のお伴としてついてきた手代の庄蔵が外で待っていて、上がるのを躊躇していた。そこに五郎左衛門から、

「中に入ってお上がりください。どうぞどうぞ」

と促され、新左衛門の後から申し訳なさそうに上がった。庄蔵は上がらずに玄関の所で待っていようと思っていたからだ。

五郎左衛門と新左衛門、庄蔵が対面しているところに、ふみが孝和を連れて現れる。

五人が揃うと、新左衛門と庄蔵は指先を畳につけ伸ばした上体を前方に深く折り曲げ、頭が手の甲に触れるほど深くした合手礼でお辞儀をした。

両家にとって初対面なので、初めに関家のほうから五郎左衛門が家族を紹介し、その後、新左衛門が自身と庄蔵を簡単に紹介した。

五郎左衛門は、孝和に向かって、

「孝和、目の前にいる松木新左衛門殿を覚えているか？」

と尋ねた。

孝和は、かつて逢ったことがあるかも知れないが、大分昔のことであり、新左衛門も当時に比べて大分成長していて、容貌をはじめ姿形が変わってしまっているので、養父から突然覚えているかと聞かれても答えられなかった。それで、孝和は黙っていた。

一方、新左衛門も孝和が大きく成長しているのに驚いた。しかし、彼はおもむろに孝和に逢った当時のことを思い出して、

「そうですね。今から七年ほど前になりますが、私が元服後、父の与左衛門宗清（二

代目新左衛門）に連れられて江戸に来た時、私の父と孝和様の父上（永明）と御祖父様（吉明）が友達ということで孝和様の実家の内山家を訪れたのです。その時、赤子が生まれたばかりで、赤子が泣きわめいて困ったのか、母上を呼びに私たちのいる部屋に孝和様が来られ、顔を出したのです。その時のことを孝和様は覚えていますか？

孝和様はこんな小さな幼児の時でしたからね」

と、当時の孝和の身の丈《たけ》を手で示した。

孝和は、少し考え間を置いてから、

「そうですか。七年前であるなら私が七歳の時ですか。その時のことはよく覚えていないが、ただ父と祖父の友達が来たというのは覚えています」

「七歳でしたか。その時の孝和様は、元気で才気に溢れた賢い子だなという印象を持ちました。それから七年経つと、顔立ちはその時の面影がまだ残っているものの、体つきは大分大人びて随分大きくなっています。ただ当時は顔立ちがふっくらして丸味を帯びていたのに、今はその時より痩せて面長になった感じがします。孝和様の現在の身の丈はどのくらいですか？」

「そうですね。最近測ったことがないので分からないが、大体五尺一寸（約一五五センチ）くらいではないでしょうか」

「随分大きくなられ分からないのは当然です。私が今五尺三寸（約一六〇センチ）くらいでまあ大きいほうだと思いますが、それに比べ孝和様は日本人の平均の背丈まで成長されたわけです」

その時、女中の茜が茶菓を持ってきて、みんなの前に差し出した。

五郎左衛門は、

「つまらぬ物ですが、どうぞどうぞ」

と新左衛門らに勧めた。そして、自らもお茶を手に取って美味しそうに飲んだ。

新左衛門は遠慮している庄蔵に、

「いただいたら……」

と勧め、自らも手に取ってお茶を飲んだ。その時、喉が渇いていたこともあり、ごくりと音をたてて一気に飲み干した。精気を取り戻し、

「もう一杯いただけますでしょうか？」

と、湯のみ茶碗《わん》を差し出し注《つ》いでもらった。

喉を潤した新左衛門は、当時のことを思い出してだろう。やおら話し始めた。

「七年前に江戸に来た時は、私が元服後であり、父としては私を早く一人前にすべく商いの消費地の中心である江戸の商人に紹介し、彼らと顔馴染みになって商売繁盛につなげようと思って連れて来られたのです。その時、たまたま時間的余裕ができて、かつての父の友達である内山家を訪れたのです。

私にとって内山家の人たちに逢ったのはその時が最初です。その時、父は孝和様と初めて逢ってぴんとくるものがあったのか、彼の優秀さ・賢しさを褒めたたえ、将来が楽しみだと言っておりました。私も同様な感じを持ちましたが。

それから七年経った今は、私も経験を積んで父の代理として江戸だけでなく上方や西国など全国を忙しく駆け回り、商売に明け暮れております。そのような中、私も孝和様と早く逢いたいなと思っておりましたが、あまりにも忙しく、なかなか思うような時間が取れませんでした。が、今日は江戸に来てたまたま時間が何とか取れて、こちらにやっと伺うことができたのです」

新左衛門は、ようやく今日ここに来た目的を話した。

一方、五郎左衛門のほうは、新左衛門がどんな商売をしているのか分からず聞いてみる。

「ところで、新左衛門殿はどんな商いをしているのですか？」

「絹布や麻などの問屋をしており、東西のたくさんの商人の方々と商売をしております。寛永の頃までは、毎年オランダの交易船が長崎に入港するたびに生糸や絹織物などの主力商品を入手し、諸国に売りさばいておりました」

「ほお、衣料関係の問屋として手広く商いをしておられるのか。これからの衣料関係はどうなっていくと考えておられるのか？」

「戦国時代における戦いに明け暮れた時代から江戸幕府が開府し、それから五十年経って世の中も次第に安定してきました。江戸が日本の政治の中心都市として発展し安定してくると、人口も流入し増えると見込まれ、と同時に通貨も出回り商いの動きも活発になって、生活が向上し需要も増加すると考えております」

「そうか。そうだとすると、これからの商いが一層期待でき楽しみだな。これからの発展を期待しておる」

「五郎左衛門殿、少し差し出がましいことですが、ご子息の孝和様のこれからについて何か考えがおありですか？」

五郎左衛門は、一瞬どうしてそんなことを聞くのだろうと耳を疑った。そんなことは、他人様《ひと》からとやかく言われる筋合のものでないと思ったからだ。しかし、気を取り直し少し間を置いてから、

「立派な武士になるよう、武士として必要な教養と学問を身につけさせたいと思っている」

「それで今、何かやらせておられますか？」

「わしの同僚などに頼み、『読み・書き・そろばん』を教えてもらったが、『そろばん』は先生の都合で二、三年ほど前に辞め、今は『読み・書き』だけを教えてもらっている」

新左衛門は、今度は孝和のほうに顔を向け話し始めた。

「学問は楽しいですか？」

「今まで自分の知らない新しいことを覚えて楽しいです」

「その中で何が楽しかったですか?」

「『そろばん』がやっていて一番楽しかったです」

「そうですか。私たち商人にとっても『そろばん』は必須なものです。『そろばん』ができないと商売ができないからです。

唐突な質問ですが、孝和様がもし望むならわが家に来て勉強する気がありますか? もちろん、ご両親の了解があってのことですが。駿河の当地に来られれば、東西の多くの商人がわが家に出入りしているので、実務経験を積むことができます。それと同時に、わが家は東海道の街道筋にありますから商人だけでなく様々な方々が立ち寄ります。その人たちに逢えるのは勿論ですが、いろんな人とのつながりを持つことができます」

孝和は、新左衛門から思いも寄らぬ誘いを受けて驚くと同時に嬉しくもあった。江戸から今まで遠出したことがないので、尚更だった。これがもし実現するなら自分にとって今までにない新しい世界が開かれ、新たな人生を歩むことができると、内心欣喜雀躍した。といって、孝和自身もそう簡単に実現できるとは内心思っていなかった。そうするには養父の五郎左衛門や藩の承諾を得なければならなかったからだ。

「五郎左衛門殿、少し出しゃばったことを言って申し訳ありません。これは、孝和様が優秀なご子息であるがゆえに、彼の将来のことが気になって言ったまでで、決して悪気があって言ったのではないことだけはご了承願いたい」

　と弁解がましく言った。

　五郎左衛門は、新左衛門がどうして自分と全く関係のない息子のことを言うのか、合点がいかなかった。息子の将来のことについては、関家で考えればよいことだから だ。つまり他人が口を差し挟む問題でないからだ。だから逆に、五郎左衛門は孝和に対し何か魂胆でもあるのではないか、とさえ疑った。しかし、それでもなおどうしてだろうと考えてみたものの、新左衛門の真意はつかめなかった。

　そこで、五郎左衛門は新左衛門にやおら聞いてみた。

「新左衛門殿、大変申しにくいことだが、貴殿はここに何用で参ったので？」

「今日、貴殿の家に参ったのは、実は理由《わけ》があってのことです。……実は七年ほど前に内山家を訪れた後、私の父の二代目新左衛門（与左衛門宗清）が、孝和様を一目見ただけでこの子は将来大物になるぞ、きっと楽しみな人間になるからおまえが何か彼にお手伝いできることがあるなら面倒を見なさいと、ここではあまり大きな声で言えませんがそう言われたからです。

私の父は衣料関係の仕事を通して庶民の生活水準を上げようと商売を手広くやっており、江戸をはじめ上方・西国など全国を飛び回っております。それぱかりでなく、かつてはマニラやマカオなど海外にまで出国しているほどでした。

父は、このように内外のたくさんの人たちと出逢って商売をしておりますから人を見る目は確かです。事実、この人を見る目がなければ商売などできませぬ。損ばかりしていたら商売など成り立たぬからです。

私自身も孝和様を初めて見た時、何かぴんと来るものがありましたが、父の見る目すなわち人物眼というのは確かで、父の言うことはまず間違いないと思い、来るのが少し遅れましたが、今日ここに参った次第です」

「新左衛門殿がここに来られた意図が分かりました。それにしても、赤の他人の息子にこのような温かい言葉をかけていただき大変ありがたく光栄に思います。

しかしながら、この問題はわが家の問題であり、貴殿からお心遣いいただけるのはありがたいが、やはりわが家のほうで考えて決めたいと思う」

五郎左衛門は、頑として突っぱねた。

「孝和様の将来を心底思って言ったつもりでしたが、少し差し出がましいことを申し上げたようで申し訳ありません。微力ですが、孝和様のことで何かお役に立つことができるなら、お手紙などで何なりとおっしゃっていただければできる範囲でお手伝いしたいと思います。その時はよろしく……」

と、新左衛門は孝和のことを心底思っていることを正直に吐露した。お世辞ではなく社交辞令でもなかった。

最後に、

「今日は関家の方《かた》とお逢いでき、貴重な時間を過ごすことができて光栄に思っております。この機会を縁に是非お近づきを。それにしても今日は本当にお世話になりました」

とお礼を言って、新左衛門と庄蔵は関家を後にした。

二人が帰った後、五郎左衛門は、新左衛門が二十二歳という若さにもかかわらず腰が低く、大人びて人間ができているなと改めて思った。商いでいろんな人たちと取り引きをし、その際、相手に不快な思いをさせまいと気遣う、その細やかで配慮の行き届いた態度に、さすが商人だと感心した。と同時に信頼のおける人物だとも思った。彼は人間ができている上、商売上手な人間でもあると五郎左衛門の目には映り、彼の商いでの成功と繁栄を陰ながら祈った。

その日の夕餉後、五郎左衛門は、孝和に新左衛門の言ったことについてどう思うか、彼の気持ちを聞いてみた。

「義父上が許してくれるなら、新左衛門殿にお世話になって学問をしたいです」

と率直に答えた。

「そうか。それが、現在のおまえの気持ちなんだな」

と念を押した。

孝和も初めは新左衛門から言われるまで、そんなことは全く考えたことはなかったが、言われて心が動き行ってみたくなったのだった。

　孝和が先に座を外し自分の部屋へ戻った。

　その後、五郎左衛門とふみの二人だけになり、その話の続きが話し合われた。

　五郎左衛門は、ふみにも気持ちを聞いてみた。

「どう思う」

　ふみは孝和を養嗣子に迎えた時から、彼が元服し成人したら関家の跡取りと考えていた。だから、

「孝和が来年元服だし、それにあなたも五十歳を超しているのだから、もうそろそろ自分の年を考えて彼に跡を継がせたらどうでしょう」

　と遠回しに言った。

　五郎左衛門は自分ではまだまだ若いと思っており、隠居して孝和に跡を継がせるのは、自分の心身が衰え萎《な》えてからで、大分先のことだと考えていた。

　五郎左衛門は、

「自分ではまだ若いと思っているし、今の時点では隠居するなど全く考えていない。

自分が元気なうちは仕事をばりばりと行い、またするつもりだ」

と、自分の今の心境をはっきりと伝えた。

しかし、妻からそんなことを言われると、自分もそんな年になったのかと、五郎左衛門も改めて思ったりした。が、妻には、

「自分のことはこれから考えることにし、それより孝和のこれからのことを考えてあげないといけないな」

と述懐した。

五郎左衛門は孝和も来年元服を迎え一人前の武士として認められることから、その時、彼に恥ずかしい思いをさせないよう、その後の進路について親として考えてあげねばならないと思った。もちろん、孝和に一番いい道を選んであげるのが親としての責務だと考えた。

新左衛門が帰ってから十日ほど経って、五郎左衛門宛てに本が届けられた。開封すると、『新篇塵劫記』という真新しい算術書が入っていた。そこにはまた、手紙も同封されていた。文面に目を通した。

「私たちの突然の訪問にもかかわらず温かく歓待してくださったことへのお礼と、関家の皆様のご健康とお幸せ、それに今後の繁栄をお祈りし、さらに今回の出逢いを縁にお近づきになり、もしお力添えできることがあればできる範囲でお手伝いしたい」

と温かい言葉が添えられていた。

読んでいて行間に心温まる言葉が埋められていて、嬉しい気持ちになった。

「最後に、ご子息様が『そろばん』が好きで楽しいと言われていたので、今流布《るふ》している算術書『新篇塵劫記』を贈らせていただきます。彼がそれでもって勉強してくれたらこの上なく幸せに思っております」

と付け加えられていた。

今まで親しいお付き合いをしているわけでもないのに、わざわざ本まで贈ってくれ、これほど嬉しいことはなかった。これより、松木家の孝和に対する思い入れの強さに改めて驚いた。このように孝和に対してここまで手を差しのべてくれたことは、彼への期待の大きさの表れではないかとさえ思った。新左衛門の人間的な温かみに接し、改めてありがたいと思った。

五郎左衛門は孝和を居間に呼び、新左衛門から送られた算術書『新篇塵劫記』を手渡した。

「孝和、新左衛門殿からおまえに素晴らしい物が贈られてきたぞ、何だと思う？」

「……分かりません」

「今算術の愛好家などに流布し、よく読まれている『新篇塵劫記』が贈られてきたのだ。この本の名前を聞いたことがあるか？」

「『そろばん』の師である永井源太郎先生からいい本だと、いつの機会か聞いたことがあります」

「そうか。その本がおまえのために贈られてきたのだ。本当にありがたいことだ。新左衛門殿のおまえに対する期待がそれほど大きいからこそ贈ってくださったのだろう。おまえも是非その期待に応えられるよう大いに勉強しなさい」

と励まされ、同時に本を渡された。

「本当にありがとうございます。この本で勉強させていただきます」

孝和は真新しい本を受け取り、浮き浮きした気分で自室に戻った。

どんな内容が書かれているか、自分の知らないことを知ることができると思うと、胸がときめき、どきどきした。

五郎左衛門は孝和に本を渡した後、新左衛門に折り返しすぐ礼状を書いた。

第四章　人生一大行事の元服の儀式を

（一）

この時、徳川幕府は幼年の家綱が四代将軍に就いたばかりだが、徳川家の基盤はまだしかと固まってはいなかった。

三代将軍家光は、前年の慶安四（一六五一）年四月（卯月）二十日、脳卒中で急に亡くなった。享年四十八歳でこれからという時だった。

その後、幼少の家綱が家督を継いだが、幕府政治にも一つの穴が開いた状態になった。

この家光の時代には、江戸時代のいろいろな制度が整えられ、平和な徳川幕府二六〇年の礎《いしずえ》がようやく出来上がる矢先だった。

一方、戦乱に明け暮れた武士の戦いへの強い思いや誇りは忘れ去られ、その意味がなくなりつつある頃でもあった。武士の中には戦いへの強い思いが忘れられず、くすぶっている頃でもあったのだ。

それは、二代将軍秀忠が強行した諸大名の改易により多くの武士が浪人となったことに関係する。その上、家光の時代には大名の取り潰しが最も多くなり、職を離れてさらに浪人する者が江戸の街に満ち溢れていった。仕官の道がほとんどなくなった彼らには自然と乱を思う心が芽ばえ、膨らんでいった。

特に若い武士は生きる目的を失い、その若さに任せて徒党を組み、喧嘩を売って街をのし歩くようになった。彼らは「旗本奴《はたもとやっこ》」と呼ばれたが、それを真似《まね》た町人も現れてきて「町奴《まちやっこ》」と呼ばれた。

兵学者由井正雪は、浪人を集合させて慶安四（一六五一）年七月（文月）、三代将軍家光が亡くなった後、反乱を起こそうと企てる。これは、浪人が幕府に対して権力交代の虚をついて起こした事件である。

同年七月二十三日、この由井正雪らの陰謀が露見し、幕府は丸橋忠弥を逮捕した（慶安の変）。翌二十四日には、幕府は由井正雪の逮捕を命じた。駿府（静岡）で包囲されたことを察知した由井正雪は追いつめられ、二十六日に自殺した。享年四十七歳。この事件は、江戸の市井の人々の関心を集めた。

その後の八月（葉月）十八日、徳川家綱の将軍宣下があり、初めて江戸でその儀式を行った。家綱は、この時まだ十一歳という幼君だったため、遺言により陸奥《むつ》会津藩主保科正之が補佐役になった。正之は前将軍家光の異母弟で、家綱の叔父に当たる。

由井正雪の乱は幕府政権の隙間をぬって起こった事件だが、この時、保科正之や大老酒井讃岐守忠勝ら老練の重臣が家綱を守り、この難局を乗り切って幕政の安定に寄与した。

関家のその後は、このように世情に不安定な要素があったものの、特に大きな変化もなく慶安四年から承応元（一六五二）年の年を大過なく過ごしていた。

ここ数年の冬は寒い日が続いたが、承応元年の冬は昨冬よりいくらか暖かい日が続いていた。

来年は孝和が十五歳になり、元服を迎える。そのため、十月（神無月）初旬からその準備に取りかかっていた。

元服は成人として武士としての人格が認められ、大人になったことを示す大事な儀式である。そのため、武家におけるこの儀式は第二の誕生の儀式とも言われた。そこで、五郎左衛門は、元服を執り行う際の「元服親」を誰にするか考え始め、頭を悩ませていた。

元服親には、有力者や名士に依頼するのが常だった。しかし、五郎左衛門は甲府藩の勘定方に仕えていて、どうしても自分の周りの狭い範囲の人物しか考えられなかった。元服親になってもらう人には、今だけでなく孝和のこれからの成長に合わせて陰に陽になって、いろんな面で相談に乗ってもらい、面倒を見、支援してくれる人物を選ばねばならない。そのため、それにふさわしい人物がいるかと思い悩み、考え続けた。

本来なら、職務上の上司である勘定組頭に頼むのが筋だと思った。が、五郎左衛門は、彼は高齢の上強い者には媚びへつらい、弱い者には威張り散らすところがあり、あまり快く思っていなかった。それで、彼には元服親になってもらう気にはなれなかった。

そこで五郎左衛門の頭をよぎったのは、同僚の中嶋左衛門丈だった。彼にはこれまで孝和のためにいろいろ尽力してもらったし、やはり彼に頼むのが最もふさわしいだろうと考えた。彼なら孝和のその後のことについてもよく考えてくれ、最も妥当な元服親だと考えた。

しかし、ちょっと待てよと思い止まった。この儀式は孝和にとって一生の大事であるゆえ、慎重に扱わねばならない。この人なら大丈夫と確信するまで少し温めてから決めようと思った。

五郎左衛門は、孝和のこの元服親の件などについて妻のふみにも相談した。

「孝和の元服親に、今まで『読み・書き』の師匠を探してもらうなどいろいろ世話になった中嶋左衛門丈殿はどうだろう？　それから、日取りについては来年の正月の吉日、それも夜でなく日中に行おうと思っている。その日取りも早く決めねばならない。その上、当日に呼ぶ関係者並びに親戚にもその旨を伝えねばならないしな。とにかく、やることは結構いっぱいあるのだ」

「そうですね。あなた様の考えている方向で進めたらどうですか。そろそろ私のほうもその時に使う物など取り揃える必要があり、その準備に取りかからねばなりませんし……」

「まだ三箇月先のことだけれど、考えてみればあっという間にきてしまう。だから、今から準備に取りかかり、煮つめていかねば間に合わないかも知れない。それから準備するに当たって気付いたり分からないことがあったら、何なりと言ってくれ」

とふみにも手を差しのべ、助けを求めた。

五郎左衛門は考えが固まった一週間後に、近くの牛込に住む中嶋左衛門丈宅を訪れた。

「こんにちは。紅葉した葉も落ち始め、十月（神無月）半ばで寒くなりましたなあ。日頃の職務ではいろいろお世話になっております。

今日お伺いしたのは、貴殿にまたお願いすることがあってのことだ。実は、また息子の件なんだが、息子は来年十五歳の元服を迎えるが、その時、貴殿に元服親になってもらおうと思ってお願いに伺ったのだ。貴殿にはこれまでも息子のことで世話になっており、それに息子のこともよく知っているし、元服親になってもらうのに一番ふさわしいと思ってお願いに上がったのだ。是非お引き受け願いたいのだが……」

左衛門丈も、突然思ってもいないことを言われ一瞬驚いた。が、すぐ気を取り直し、

「五郎左衛門殿から、そのような荷が重くもったいない話を頂戴するのは大変光栄なことだが、今回は今までと事情が違って、それはとても無理な話だ。絶対引き受けられない。わしよりもっとふさわしい人がほかにもたくさんいるのではないか？」

左衛門丈は、今回はとても引き受けられないと頑として固辞した。

五郎左衛門は、左衛門丈の意思が固く引き受けてくれなさそうなのを察知して、これ以上お願いしても無理だと思い、

「今日は、ゆっくりお休みのところ突然お伺いして申し訳ない。貴重な時間をどうもありがとうございました。今後ともよろしく」

と言って辞去した。

五郎左衛門は家に帰って妻のふみに、

「不首尾に終わってしまった」

　とちょっとがっかりした面持ちで伝える。

「そうでしたか。残念でしたね」

　ふみは他人事《ひとごと》のようにさらっと言ってのけた。五郎左衛門は、わが妻とはいえつれない返事で頭に来た。冷たい女だと思った。

　それからは、五郎左衛門も元服親を誰にするか考え続け、思い悩んだ。なかなか適当な人が思い浮かばなかった。交際範囲が狭いこともあり、これはという人が見当たらなかった。

　そこで、五郎左衛門は勤務後、孝和がそろばん教授で世話になった同僚の永井源太郎に相談を持ちかけた。

「息子の件でちょっと相談に乗ってくれないか？　実は、来年息子が十五歳の元服を迎えるが、先日その元服親に中嶋左衛門丈の下を訪ねて頼んでみたところ断られてしまった。孝和のことをよく知っていて、彼のその後のことを考えると左衛門丈殿が一番ふさわしいと思って当たってみたのだが断られて、困ってしまったのだ。

そこでいい案がないか、貴殿に相談する次第なのだ。誰かほかにふさわしい人はいないだろうか?」

源太郎は少し考えてから言った。

「私も、交際範囲がそう広いほうでないからな。すぐ思いつくのは我々の上司である勘定組頭の佐野新右衛門殿だが、彼はどうだろう?」

「実は、私も初めは彼を考えたのだ。しかし、よく考えて思い止まったのだ。というのは、息子の将来のことを考えるとちょっと高齢過ぎると思ったからだ。彼は六十代後半でしょう。孝和がこれから成長していろいろ世話になるにしては少し年を取り過ぎているかなと思ったのだ。

わしは、元服親として四十代からせいぜい五十代前半ぐらいまでの人がいいかなと思っている。誰か適当な人を知らないか? もしいたら教えて欲しいのだ。それでもいなかったら、もう一度中嶋左衛門丈殿に頼んでみようかと思っている」

「貴殿が、左衛門丈殿にそんなに固執する理由は何かあるのか?」

「彼は行動的で思いやりがあり、約束をきちんと守るし、それに信頼がおけ、しかも人間味のある人だと思うからだ。

貴殿も『意中《いちゅう》人有り』という言葉を知っているだろう。意中の人というと結婚相手を思い浮かべるかも知れないが、それだけではない。人はどんなことをする場合でも、いつも意中の人を持っていなくてはならない。例えば、病気にかかった時はどの医者にかかったらいいか、困った時はどの友人・先輩に相談したらいいかなど尊敬、崇拝する人物を意中の人と思い描いて、そして心に決めて事を処すのが非常に大切だと思っているからだ。だから、彼なら息子のことをいつもよく考え、教導してくれると思っているのだ」

「そうか、貴殿がそこまで考えているのなら、わしのほうから左衛門丈殿に当たって貴殿の心のうちを話してみようか……」

「貴殿にご足労をかけることになるが、できることならお願いできるか。その時、それとなくわしの気持ちを伝えていただけたらありがたいのだが……」

「結果は分からないが、まずやってみよう」

五郎左衛門はありがたいと思った。源太郎に一縷《いちる》の望みを託して、その場で彼と別れた。

それから五日ほど経って、源太郎から五郎左衛門に、

「昨日左衛門丈殿に逢って、貴殿の気持ちを伝えた。その時、わしがご子息に『そろばん』を教えた時の彼の態度や能力、性格などについてもついでに話したのだ。その時、左衛門丈殿は何も語らなかったが、わしの話をじっと聞いて頷くだけだった。その時の彼の様子は、自分には関係ないとそっけない態度ではなかった。真剣に聞いていたよ」

と、その時の左衛門丈殿の態度や様子を伝えてくれた。左衛門丈殿にそんな悪い感触、印象を持たなかったという。

「源太郎殿、本当にありがとう。貴殿の細やかな心遣い、配慮に感謝します。助かりました。それで、左衛門丈殿の心が動いてくれたらいいのだが……」

五郎左衛門はやや弱々しい口調で溜息まじりに言う。

「それはわしにも分からぬが、貴殿の願いがいくらかでも伝わり、かなえられたらわしも責任を果たせたことになり本望なのだが……」

五郎左衛門は、源太郎が貴重な時間を割《さ》いてわざわざ左衛門丈に逢って頼んでくれたことに感謝し、お礼を述べて別れた。

三日経った非番の日の土曜の午後、五郎左衛門は、また左衛門丈宅を訪れた。

「また、例の息子の件で参りました。しつこいようだが、どうしても貴殿にお願いしたく参った次第だ。お許し願いたい。わしには、息子の元服親としてどうしても貴殿以外には考えられないからだ。何とかもう一度考え直してお引き受け願えないだろうか。是非お願いしたい」

と強く懇願した。

「それでもし、わしが駄目だと言ったら貴殿はどうするつもりだ？」

「それでも、貴殿に頼むつもりだ」

「わしは藩や土地の名士や有力者でもないし、それにご子息の元服親になっても何もできないことが分かっており、かつ荷が重いと感じてお断りしたのだ。

しかし、貴殿がわしにそこまで固執するなら、考えてみることにしよう。ちょっと考えさせてくれないか？」

と言って態度を少し軟化させた。

「是非よろしくお願いします」

と改めて強く懇願した。五郎左衛門は内心喜んで、しがみつくようにして強くお願いした。五郎左衛門の熱意が左衛門丈の心に通じたのか、彼の心が揺れ動いたのが分かったからだ。五郎左衛門はこの機会を逃したらいけないと思って、はやる気持ちを抑えて再び強く懇願した。そこで、左衛門丈が引き受けてくれるのを大いに期待した。

それから、一週間ほど経って左衛門丈から手紙が届いた。

五郎左衛門は、彼が引き受けてくれるかどうか、期待と不安を抱きながら開封する。心臓が高鳴るのが自分でもよく分かった。

文面に目を通すと、概略次のようなことが書き記されていた。

「五郎左衛門殿の熱意にほだされ、こんなわしでもいいのなら微力であるが、ご子息の元服親をお引き受けすることにした。ただお引き受けするにしても、ご子息のためにどれだけお役に立ちお力添えできるか分からぬが、しかし、お引き受けする以上、わしの持てる力を最大限発揮し、誠心誠意務めさせていただく。最後に、関家の皆様のご健勝とご多幸、それにご繁栄をお祈りいたします」

と結んであった。

普段の左衛門丈の態度とは異なる、謙虚で慎ましい態度の一面を垣間見《かいま》てちょっと驚いた。彼にしては珍しいと思ったからである。

いずれにせよ、肝腎要《かんじんかなめ》の大役が決まって五郎左衛門はほっとした。そして、一日置いて左衛門丈宅を訪れお礼の言葉を伝えた。その時の五郎左衛門の態度は喜びに溢れていた。

十一月（霜月）下旬の冬の寒さが一段と厳しくなった頃、五郎左衛門は元服親が決まったこともあり、当日の式に列席してもらおうと思っている勘定方の上司や同僚、関家の親戚関係に忙しく立ち回って出席のお願いをした。

いずれの人も、

「それはめでたいことだ。おめでとう。おめでたい式なので是非出席させてください」

と快い返事が返ってきた。

五郎左衛門はみんなが出席を了承し、その喜んでくれる姿に接して悦に入り、本当にありがたいことだと思った。

孝和は、自分の元服の儀式のために養父母が忙しく動き回っているのをうすうす感じていた。養父母はそのために孝和に何か仕事をあてがうことはなかった。ただ正装として着る熨斗目《のしめ》と裃《かみしも》を作るのに孝和の体型や寸法を測るため、ふみから呼ばれたことがあったくらいだ。もちろん、そこでは、姿勢を正して肩幅や手の長さ、胴回り、股や足の長さなどが測られた。

その時、孝和には自分の時間があった。新左衛門から贈られた『新篇塵劫記』を読んで退屈することはなかった。この贈られた本は、寛永十八（一六四一）年刊行の最新版である。

『塵劫記』というのは寛永四（一六二七）年に初版が刊行され、それから編集し直され版が何回か書き改められた。その中の最後の版を贈ってくれたのだ。

この本では、著者の吉田光由が巻末に答のない問題を十二問載せた。これは、これまでの『塵劫記』を全面的に書き直し、後に「遺題」と言われる問題を載せて刊行されたものだ。後に「遺題継承」と言われる問題を載せた算学書の口火を切った本である。

孝和は手に取ったこの真新しい新刊書を興味津々、日々頁をめくっていた。まず初めに、『塵劫記』という難しい書名を何と読むのかよく分からなかった。もちろん、その意味すら分からなかった。書名については、他人から聞いて「じんこうき」と分かった。意味については、大分後になって知った。

これは、京都五山の第一である嵯峨の天竜寺の老僧である玄光という人物に、著者の光由が書名と序文・跋文を依頼してつけ、刊行された本であることが分かった。

玄光がつけた『塵劫記』という題は、彼の言によれば、「塵劫来事糸毫《しごう》も隔てずという句に本づく」ところによるということであった。意味は、「いつまで経っても変わらない真理である」ということである。

孝和はなるほどそういう意味だったのか、と思って感心する。それにしても難しい題名をつけたものだ、と改めて思った。にもかかわらず、予想に反してよく売れる本だとも聞く。人が飛びつきそうもない題名なのにどうして売れるのか、少し不思議にさえ思った。

光由は、この本の中で、

「我稀に或師につきて汝思の書を受けて是を服飾とし、領袖として其一、二を得たり。其師に聴ける所のもの書き集めて十八巻と成し……」

と書いている。

汝思とは、『算法統宗』の著者程大位《ていだいい》のことで、その著作に基づいて書いたものだという。そしてそれは、世に算法を普及させることを目的として刊行されたものである。

内容は、当時の社会に適合した生活に関する題材などが扱われていて、どうしても覚える必要のあるものについては、文だけでなく絵や図なども取り入れられている。そのため、分かりやすくかつ親切に書かれていて、読者の心を捉えて多くの人に読まれた。算法、特に「そろばん」による算法は、本書によって津々浦々にまで行き渡った。ことほど左様に影響力のある本だった。

最初の目次には全部の項目が掲載されていて、流れが分かり、全体像も捉えやすく親切に書かれていた。

孝和は、この本を読むに当たって源太郎から習った「そろばん」の技術が大いに生かされ役立った。

初めは「米売り買い」、すなわち米の売買関係について書かれ、生活するために必要な算術が取り上げられていて、それが日常生活で使いこなせるようにとの配慮されていた。

他の米に関わるものとしては、「俵まわし」（米の換算問題）、「杉算《さん》」（米俵を杉の木の形に積み上げる問題）、「蔵に米の入りつもり」（米蔵に米俵を収納する問題）、「利足のこと」（利息の計算）、「ふねのうんちん」（米を輸送する時《とき》代金の計算問題）、「知行物成」（租税の問題）などの問題が掲載されている。孝和は、それらを一つひとつそろばんを使って計算し正答を得たりすると、ひとり悦に入って自信がついた。同時に面白さも倍加していった。そうすると、さらにその先へと読み進みたくなって読んでいった。

貨幣に関する問題は数多くの頁がさかれていて、両替の問題が代表されるが、十進法になっていないため計算は面倒くさかった。

「せにうりかい」（銭と銀の両替）の「せに」は銭で、「うりかい」は売買のことである。銭とほかの貨幣と両替する時は、「両替」と言わず売買と言った。銀で銭を買うということからきている。

多額の物の売買には金や銀が、少額の物の売買には銭が使われたが、その銭の単位は「文《もん》」である。一文銭が九十六枚、その銭の穴に糸を通してひとさしにし、このさし一本の九十六文で百文、さらに十本の九百六十文で千文、つまり一貫文として通用していた。

「銀両かへ」（銀の両替計算）では、銀は秤量貨幣で、品質と重さによって価値が決まった。それを貨幣として使う場合は、銀の純度が十割の「灰吹」と八割の「丁銀」、それと同じ八割の小粒の「豆板《まめいた》」とがあった。銀貨の単位は、重さの単位の貫、匁、分、厘などがそのまま使われている。実際使う時は、両替商が丁銀と豆板とを合わせて四十三匁にして袋に入れ、一枚とか一包みといって封印して通貨としたのである。

孝和はこの本を手にしてからは、読んでいて面白いところはそろばんを使って計算しどんどん読み進めていったが、一方、分からない箇所が出てきて考えても分からない時は、そこでやめ、とにかく自分の調子で読み進めていった。

読んで分かって新たなことを知った時は、気持ちがすかっとし、心が満たされ、充実感を味わった。そのような時は、本当に心が晴れ晴れとし清々《すがすが》しい気持ちになった。至福のひと時だった。それを数回経験した。孝和は、それに味をしめ算術が一層好きになった。

師走に入ると、例年同様、新年を迎える準備に取りかかった。もちろん孝和も、大掃除など師走にやらねばならない仕事を手伝ったのは言うまでもない。来年の正月（睦月）は、それに孝和の元服の儀式が加わるので、忙しさが倍加した。

五郎左衛門とふみにとっては、孝和のこの式は一生に一度の大切な儀式ゆえ、たとえ質素なものであっても是非みんなから祝福され、心に残る素晴らしい式にしたいと思って、その時に使う必要な物を取り揃え少しずつ準備していった。その準備中に、ふみから五郎左衛門に次のことを何気なく言われる。

「お父様、先だって孝和のことを思って訪ねてきた松木新左衛門様を式に呼んだらどうかしら？」

「ああそうか、それはいい案だ。そうだな。孝和も彼にこれから何かと世話になるかも知れない。そういうことを考えると、彼にも出席してもらおう」

善は急げで、五郎左衛門は、すぐ松木新左衛門宛てに一通の手紙を認《したた》めた。

来年一月末の吉日に、孝和の元服の儀式を執り行うゆえ、万難を排して出席していただくようにと案内した。

十二月（師走）下旬になって新左衛門から折り返し手紙が届いた。五郎左衛門は出席してくれるものと期待していたが、意に反してその日はたまたま所用で西国にいて重要な取り引きが入っているため、出席できぬ旨の内容が認まれていた。

ふみ共々その欠席を大変残念がった。しかし、そこにはさらに、元服後江戸に立ち寄った際、時間をつくってお伺いしたい、と書き添えられていた。

式には出席できないものの、その後立ち寄ってくれるということで一安心した。元服後の孝和の成長した姿を見てもらいたいと思っていたから、それを楽しみにする。

年は改まって承応二（一六五三）年の正月（睦月）を迎えた。孝和も、関家の養嗣子に入って七年目を迎えた。関家にとって孝和の元服の儀式は一大行事である。

関家の正月は例年通り祝った。人日《じんじつ》の七草粥《がゆ》を祝った後は通常の生活に戻るが、今年は孝和の元服の式が月末に控えているため、何となくそわそわして落ち着かなかった。その日取りが近づくにつれて一層落ち着かなかった。

一月下旬の吉日、元服を執り行う当日を迎えた。

午《うま》ノ刻（正午）頃から呼んだ関係者が集まって来る。一番初めに現れたのは、元服親の中嶋左衛門丈だった。左衛門丈は、訪れるとすぐ五郎左衛門に今日の式のお祝いの挨拶をした。一方、五郎左衛門は彼が元服親を快く引き受けてくれたことに改めてお礼を言い、謝辞を述べた。

そこに、ふみが孝和を連れて元服親の左衛門丈に紹介し、孝和本人がお礼の口上を述べた。

左衛門丈は、源太郎から既に聞いていたように、孝和が賢くしっかりした子息であることを改めて再認識する。左衛門丈は微笑を浮かべながら孝和に、今日の元服の式のお祝いを述べると共に将来に向かって精進するよう期待している旨を伝えた。

そこに、茜が茶菓を持って顔を出し、みんなの前に差し出した。

四半刻（三十分）ほどして関瀬兵衛爺が現れた。身体から喜びが溢れている。相変わらず元気がよかった。その後、永井源太郎や五郎左衛門の兄の関市郎左衛門など同僚や親族の者が次々と訪れた。家の中がにわかに賑やかになる。狭い家が一層狭くなった。式の開始前までに呼んだ関係者はすべて集まった。

孝和は、式前に既に前髪を残して髷《まげ》を結い、元服子として熨斗目《のしめ》に裃《かみしも》の正装で待っていた。

儀式は午ノ下刻（午後一時）から始まった。

出席者全員が正座する。そこで、元服親の左衛門丈が立ち上がった。部屋の中が水をうったように静まり返った。そして、座っている孝和の前に進み出た。そこに、介添役が柳の盤の上によく研がれた小刀が置かれた台を持ってきて、元服親の前に置いた。

元服親は関係者の見守る中、孝和の後方からその小刀を使って孝和の前髪を剃り落とした。式では、頭に烏帽子《えぼし》を載せるということもなく（元服という言葉は、「元」は頭、「服」は冠を載せるということを意味する）、月代《さかやき》を剃るという簡単なものだった。

孝和は髪と衣服を正すため、いったん次の間《ま》に下がった。

その間、料理の膳が忙《せわ》しく運ばれ、関係者の前に並べられる。配膳が済み、孝和が座敷に戻ると祝い事が始まった。

まず初めに、祝言の酒として式三献《しきさんこん》が執り行われる。

孝和の前に、介添役がお神酒《みき》の入った瓶と大中小の三種の盃を載せた膳を持って前に進み出た。孝和に小盃が渡された。受け取ると、介添役がそこにお神酒を注ぐ。孝和は一杯目は口をつけ、二杯目もまた口をつけ、三杯目になって初めてそれを飲み干した。中盃と大盃も、小盃と同様に繰り返し行った。このように大中小盃で一杯ずつ三度繰り返し行い、計九回の、いわゆる三三九度が執り行われた。

式三献が無事済むと、元服親の中嶋左衛門丈が最初に立って祝言を述べた。

「わしは、今回元服親という大役を仰せつかった勘定方の中嶋左衛門丈と申します。今回の大役を仰せつかってわしとしては大変光栄に思うと同時に、責任の重大さをひしひしと感じております。

唯今関係者の皆様が見守る中、五郎左衛門殿の養嗣子孝和様の元服の儀式が執り行われ、無事済みました。これも皆様方のご協力の賜物と感謝申し上げます。この度は本当におめでとうございます。

さて、孝和様はこれで晴れて成人として人格が認められることになったのです。元服後は、孝和様もいったんことあれば戦場に赴かねばならないし、また関家の後嗣として認められることになったわけです。

孝和様は皆様もご存じのように、早くから頭のよい方《かた》として周囲から認められ、将来が嘱望されている青年です。彼のこの優れた能力がその後十二分に発揮され、人のため社会のためにご尽力されるのを陰ながら見守っていきたいと思います。その際、ここにおられる皆様方の力強いお力添え、ご協力を是非お願いしたいと思います。その後の孝和様の順調な成長と、関家の皆様のご健勝とご多幸、ご発展をお祈り申し上げて、簡単ですが、わしのお祝いの言葉とさせていただきます。本日は、まことにおめでとうございました」

みんなは、この左衛門丈の挨拶を厳粛に聞いた。

次の乾杯の音頭には、関家を代表して関瀬兵衛爺様が立った。

彼は、まず盃に酒を注ぐよう促した。彼はしわがれ声で、あけっぴろげの性格丸出しで乾杯の音頭の前に一言と言って、話を始めた。今までのおごそかな雰囲気が一気に賑やかになった。祝事がなごやかな雰囲気に変わったのだ。

彼はそこで、

「この式は関家にとって大変めでたいものです。ここにいる孝和はまだまだ人生経験も浅く未熟な者であるゆえ、皆様方の心温まるお力添え、ご支援を是非お願いしたいと思います。それでは、彼の前途を祝うと共に関家の益々の繁栄とここにおられる皆様方のご健勝を祝してご唱和ください」

と言って元気よく乾杯した。それに呼応して全員が乾杯した。酒を一気に飲み干した。身体が冷えていたこともあり、さらに続けて酒を注いで飲み、身体を温めた。

関係者は目の前にある配膳にも手をつけた。配膳には祝い物として鮒料理や昆布巻、豆腐や大根煮などが載っていた。料理も冷めていたが、お腹が空いていたこともあり、口いっぱいに頬張った。それらが口の中でとろけて旨かった。お酒と料理を飲食して身体全体がぽかぽかと温まってきた。

五郎左衛門とふみは、その間、出席者一人ひとりに酒を注いで回り、お礼を述べる。

みんなは、初めは飲食に夢中になっていたが、お腹が次第に満たされてくると口も滑らかになり、おしゃべりも始まった。

そこに、市郎左衛門が酔いが回ったのか、突然立ち上がって、

「本日はまことにおめでとうございます。今日はおめでたい席でありますので、拙い声ですが一曲謡《うたい》を披露させていただきます」

と言って「高砂《たかさご》」を朗々と謡い始めた。

皆はおしゃべりをやめ、市郎左衛門の謡に聞き入る。場が一瞬にして静まり返った。透き通る太く低い声で高吟したので、みな悦に入った。

この余興が始まってから式も一段と盛り上がった。お互いが席を立って酒を注ぎ回り、そこで華やいだ話が飛び交った。

半刻（一時間）ほど経ってから、五郎左衛門がふみと孝和に合図して三人が立ち上がり、今日の式の主催者で家主の五郎左衛門が、みんなの前で最後のお礼を述べるた

め挨拶した。

「今日の元服の式を執り行うに当たり、元服親の中嶋左衛門丈殿にはことのほかお世話になり、この席をお借りしてまずもってお礼を申し上げたいと思います。また、今日ご出席の皆様方には大変お忙しい中わざわざ足を運んでいただき、誠にありがとうございました。今日は皆様方の見守る中、このように元服の式を滞りなく執り行うことができましたことに感謝申し上げます。

愚息の孝和はまだ人生経験も浅く未熟な者ゆえ、これからも皆様方の温かいご指導・ご鞭撻を必要としております。どうかこれからもよろしくお願いいたします。

最後に、この式を行うに当たって至らない点も多々あり、皆様方にご不便をお掛けしたことをお許し願いたいとこの席をお借りして、お詫び申し上げたいと思います。

いずれにせよ、本日の式が無事執り行うことができましたことに感謝申し上げ、この式をお開きにしたいと思います。本日は誠にありがとうございました」

挨拶が終わると、出席者が一斉に万雷の拍手喝采をした。それが長く鳴り響いた。

それぞれが口々に「よかった、よかった!!」と褒めたたえた。

帰り際《ぎわ》、出席者は、五郎左衛門に異口同音にお礼を述べ、孝和には「頑張れよ！」と口々に激励して家を後にした。

男手は正装から普段着に着替え、女手は膳を下げて片した。後片づけをして、家族全員が一堂に会して、今日の元服の式が成功裏に終わったことに感謝し労をねぎらった。武士にとって、人生で一番大事な行事の元服が済んだことに全員が安堵したのである。

（二）

元服後、一箇月ほど経った二月（如月）下旬に松木新左衛門が手代《てだい》の庄蔵を伴って訪れた。

寒さも大分和らぎ、桜の蕾《つぼみ》がふくらみかけた頃だった。

関家では、新左衛門が来るのを首を長くして待っていたので大変喜んだ。

「どうぞ、どうぞ！」

と言って二人を家に招き入れ、座敷に通した。そこに、五郎左衛門が孝和を伴って二人の前に現れた。

「今日は仕事で忙しい中、遠路からわざわざ足を運んでいただきありがとう。一箇月ほど前に愚息の元服の式も関係者の見守る中、滞りなく無事執り行うことができた。ただ貴殿が所用で出席できなかったのは大変残念だったが、とにかく無事終わってほっとしているところだ。かくして、愚息も晴れて成人して一人前の武士と認められることになったのだ。これからは、愚息が何とか精進して立派な武士になってくれるのを願っておる」

「この度の孝和殿の元服、誠におめでとうございました。お祝いとして心ばかりのものですが、何かの足しにしていただければ……」

と言って、新左衛門は懐に手を入れ、金子《きんす》を取り出して五郎左衛門の前に差し出した。

五郎左衛門は、即座に拒否した。

「それは受け取れませぬ。どうか、しまっておいてもらいたい」

しかし、新左衛門も新左衛門で、

「そんな堅いことを言わずに、これは私の貴家に対するほんの心ばかりのものです。せっかくの孝和殿の元服の式にお招きいただいたのに、私の都合で出席できなかったのを申し訳なく思っています。お詫び旁《かたがた》、この度の孝和殿のお祝いとして是非受け取っていただきたい。私のほんの心ばかりのお印《しるし》として……」

と言って、頑としてしまうのを拒んだ。

両者は、金子を目の前にしてしばらく沈黙が続いた。

「貴殿がそこまで言ってくださるならその言葉に甘えて、貴殿のその心温まる真摯な気持ちを頂戴したいと思う。本当にかたじけない」

と言って、申し訳なさそうに受け取った。

新左衛門は孝和のほうに向かって、

「孝和殿も、十箇月ほど前に逢った時よりいくらかふっくらして大人びた感じがいたします。元服してどんな感じですか？」

「いや、まだしっくりいかない。元服して、武士として一人前になったとみなから言われて何となく責任の重さを感じているが、まだ実感するまでには至っていない。が、自分としてはしっかりせねばと思うようになった」

「そうですか。ところで、例の贈りました『新篇塵劫記』の本はいかがですか？」

「ああ、その節は本当にありがとう。お礼が遅れて申し訳ない。それにしても面白く少しずつ読ませてもらっている。勉強になります」

「それはよかったです。どうかと思いましたが、喜んで読んでもらって私としても贈らせてもらった甲斐がありました」

　そんな会話をしている時、孝和が突然、

「前回新左衛門殿が来られた時、駿河のほうで学問をと言われたが、もしよろしかったらそちらにお世話になってもよろしいか？」

　と唐突でしかも突飛な言葉を発した。

　それには、五郎左衛門とふみも唖然とした。二の句が継げなかった。が、新左衛門は何事もなかったかのように、平然とした態度で、

「孝和殿が駿河に来られ学問されるのを大いに歓迎したいと思います。ただ孝和殿が

そのような思いをたとえ持たれたとしても、ご両親の思いや、藩の許可も当然必要でしょうし、よくご家族でご相談なさってからにしてください」

と、優しくやんわりと受け応えた。

それを聞いた五郎左衛門は、

「新左衛門殿、息子が突然そのような礼儀知らずのことを言って申し訳ない。わが家では、まだその件については全く話し合っていない。従って、近々家族会議を開いて結論を出したいと思う」

と言って、新左衛門に了解を取った。

「結論が出ましたら早速手紙などでお知らせ願えたらありがたいです。当家でもそれに対応したいと思うからです」

「まだどうなるか分からぬが、もしお世話になるようなことがあれば本当に大丈夫なのか？」

五郎左衛門は再度念を押し、相手の思いを打診し確認した。

「それは構いませぬ。その時は喜んでお引き受けしたいと思います」

と、力強くきっぱり言い放った。

五郎左衛門は、今の時点では分からないものの、新左衛門の意思を確認しておきたかったから了解を得たのは大変心強かった。

その後、五郎左衛門は、新左衛門から仕事や世の中の情勢がどうなっているかなど新しい情報を直接聞くことができ、孝和ともども大変勉強になった。

半刻（一時間）少し経って新左衛門らは帰った。

五郎左衛門は、新左衛門が全国を股に掛けて飛び回っている商人だから度胸もすわって器が大きい上、頼もしい人間だと改めて感服した。

それから、三人による家族会議が開かれた。

五郎左衛門は相手の思いや意見を先に聞き、自分の考えは後で言おうと思っていた。そこで、今回は聞き役に徹することにした。

孝和は自分の思いを養父母に強く訴え、迫ったのだった。

「いい機会なので、これを逃したら自ら学問をする機会はありません。従って、是非行かせてください」

一方それに対し、ふみの思いはそれに反対するものだった。

「孝和も関家の生活にようやく馴染んできて、元服の儀式も済み、親が高齢であるのを考慮して、是非家に留まり結婚し、跡を継いで関家を発展させて欲しい」

と強く願ったのだ。

このように二人の意見は全く対立した。

五郎左衛門は両者の言い分もよく分かり、どちらの意見を採用するか大変苦慮した。五郎左衛門は、とりあえず二人の意見を参考にしてちょっと考えさせて欲しい、とすぐ結論を出すのを躊躇した。何とか両者が折り合えるいい考え、接点はないものか模索した。

数日経って五郎左衛門は、孝和の元服親になってくれた左衛門丈にその件の相談を持ちかけることにした。彼は快く相談に乗ってくれた。もちろん、彼に孝和の意見と妻のふみの考えを伝えたのは言うまでもない。

その時、左衛門丈が示した意見というのは、

「ご子息様のこれからの成長と飛躍をさせるためにも、それにまた受け入れ先（新左

衛門）の方は了承しているのだから、せっかくのこの機会を逃すとしたらもったいない話である。ご子息様の夢を是非親としてかなえさせてあげるのが、親の務めではないかと思う。もし行かせなかったら、彼は一生親を恨むに違いない。

一方、奥様の思いを生かすには、駿河に行かせる期間を一年とか三年とか区切ったらどうですか？　その後、家に必ず戻って結婚し、貴殿の跡を継ぐと約束させたら、奥様もきっと喜び、許すのではないかと思う」

というものだった。

彼の考えを聞いてなるほどと、これなら両者の意見を採り入れた折衷案だと納得する。五郎左衛門も、左衛門丈の意見は両者を納得させるにふさわしい考えで、二人もきっと了承するのではないかと思った。

五郎左衛門は家に戻ってから、ふみと孝和の二人を呼んで彼らの前で、

「孝和を一年の期限付きで駿河の新左衛門の下で世話になり、学問をさせることにした」

と告げた。

すると、両者は特に異論もなく納得した。

ふみも、期限付きなら孝和も戻って来るのだからと納得し、特に五郎左衛門に注文をつけることはなかった。

孝和は、全く未知の新しい世界に飛び立つことができると思うと、不安はあるものの、期待のほうが大きく胸が膨らんだ。何時《いつ》行けるか、早く行きたいなと思うほど心が急《せ》いた。

数日後、五郎左衛門は、息子孝和が学問修業で一年間駿河に赴き勉学する旨の内容を認めた書状を持って藩邸に赴き、申請した。

許可は半月ほど経って下りた。

旅に出るには、身分証明書として「往来切手《きって》」と「手形《てがた》」が必要である。

「往来切手」は大家や名主や菩提寺《ぼだいじ》が、「手形」は藩（藩庁）が発行する。前者は庶民が持参し、後者は武士が持参するものである。この二通は旅行する際の、今で言う切符の役割を果たすものである。

文面には「この者は何処《どこ》そこ生まれの何の誰兵衛で、親は何某《なにがし》で、私が身元を保証します」と住所・氏名などの身元が記されたものと、「私が途中で病死するようなことがあれば、その場所で葬り、元の場所に送り届ける必要はありません。宗派は代々何々宗で、御法度《ごはっと》の切支丹《きりしたん》ではありません」と詳しく書かれたものもあった。

五郎左衛門は藩の許可が下りてから、新左衛門宛てに先方の都合がよい時に息子がお世話になりたいと、認めた手紙を書き送った。

新左衛門からは、折り返し孝和の受け入れを大いに歓迎する旨の手紙が届いた。その中には、四月（卯月）中旬に大事な仕事が一段落するので、その時に孝和殿が来てくれたらありがたい、という主旨の内容のものだった。さらに駿河に来る際には、孝和殿一人で来るのは旅慣れていないゆえ大変だろうから、旅慣れた使用人を江戸に遣わし、その者と一緒に駿河に来るようにと、手を差しのべた大変ありがたい言葉が添えられてあった。これには、五郎左衛門もびっくりし感激した。そこまで気を遣ってくれる新左衛門の気配りと度量の大きさに感激した。

五郎左衛門は、それまで旅の経験のない孝和一人を駿河にやるのが心配で、どうしようかと迷って思案している時だったからだ。だが、新左衛門からこのような思いがけない温かい手が差しのべられ、ありがたいことだと感謝すると共に心配事の一つが減って安堵した。

孝和は駿河への出立まで一箇月以上もあり、時間があるので少しずつ旅立ちの準備をする。

持ち物は食物・飲用水から洗面道具、履物の替え、裁縫セット、小田原提灯《ちょうちん》（懐中電灯）、筆記具（矢立）、常備薬など日用品から応急薬などすべて自分で持って歩かなくてはならない。もちろん、銀や銅の貨幣を身につけて行かねばならないのは言うまでもない。

その準備中に、駿河への思いや生活がどんなものになるか心が膨んでいく。日一日とその出立が待ち遠しくなり、その日が近づくにつれて次第に心がわくわくし小踊りしていた。早く来ないかと心が急き立てられ、楽しみが増幅していったのである。

第五章　東海道を下り駿府の地へ

とうとう四月（卯月）中旬の出立当日を迎えた。

孝和はもちろん、五郎左衛門とふみもその出立でどことなくそわそわし、家の中が落ち着かなかった。

かつて新左衛門が関家を訪れた時、一緒に来た手代の庄蔵が辰《たつ》ノ刻（午前八時）に孝和を迎えに来た。

庄蔵は四十代半ばくらいで背丈はそれほど高くないが、日焼けした精悍《せいかん》な顔付きで、がっしりした体格の持ち主の男だった。その身体つきから予想されるのとは違って、語り口は丁寧で物腰も柔らかく、商人らしい如才ない態度で応答して好感が持てた。

「おはようございます。主人の松木新左衛門から託されてこちらに参りました手代の庄蔵です。いつぞやの節はお世話になりました。今日は大切なご子息、孝和殿をお迎えに参りました」

「それはかたじけない。息子にとって旅は初めてなので、あなた様のような旅慣れた方がお傍《そば》についていてくれると、こちらも大助かりで安心して送り出せます。よろしくお願いします。また、先方に着きましたら、ご主人の新左衛門殿にくれぐれもよろしくとお伝えくださいませ」

「承知しました。着きましたら、いの一番にお伝えします。それから、ご両親にとってはお子息様が駿府に着くまでご心配でしょうが、そこは私が全責任をもって送り届けます。ご安心ください。旅慣れておりますので大丈夫です」

五郎左衛門とふみの、親が子供を外に送り出す時の寂しさ、不安な気持ちというのは庄蔵にもよく分かるので、彼はそれを払拭し安心させるために言った。

「かわいい子には旅をさせよ」という言葉があるけれど、世間からみたら子供を旅に出す親の行為というのは無慈悲と思われるかも知れないが、そんなことはない。むしろ子供にとっては自立して一本立ちし、逞しく成長するために不可欠のことなのだ。

最後、ふみは孝和に母親としての気持ちをしっかりと伝えた。

「先方に行ったら皆様にお世話になるのだから、日常生活において自分のできることは自分で行い、先方にご迷惑をかけることがないようにしてください。ただ健康にはくれぐれも気を付けて……」

と優しく諭した。

「お養母様、大丈夫です。頑張って行って来るから。もし何かあったら手紙を出すし心配しないでください」

孝和は、養父母に余計な心配をかけまいとさりげなく言って安心させる。

二人は、四半刻（三十分）ほどして関家を後にした。

今日は二人の出立を祝福し、歓迎するかのような晴れわたった清々しい天気の朝だった。上空には青空が広がり、雲は西から東へ流れ、旅立つのにこれ以上ない素晴らしい天気だった。

しかし、しばらく歩くと旅装束で着慣れない出《い》で立ちのためか、どことなく動きにくく違和感を感じる。変な感じがしたのだった。でも、そこで目にする世界というのが珍しく新鮮なものに映って気分を紛らわせてくれた。次第に歩き慣れてくると、家庭内での生活が長かった孝和にとっては、旅立った外での非日常の光景に心が奪われ解放された気分になった。

庄蔵は孝和に敬意を表し、彼の後ろにつき従った。そして、後方から行く先の道々を指示しながら孝和を導いた。

松木家は、駿府城のご城下で東海道筋にある。従って、当然のことだが、東海道を下ることになる。

東海道というのは、江戸日本橋から京の三条大橋までの百二十五里二十町で、日本の政治・経済の大動脈である。そして五街道の起点は日本橋である。

府中宿は駿府城下で、江戸から四十四里二十六町の所にある。従って、庄蔵は、まず牛込の家を出てから東海道の起点である日本橋へと歩を進める。そこから東海道筋に沿って府中宿へと赴くのである。

日本橋は、徳川家康が江戸城を築いた時、最初にできた町人の街である。日本橋周辺は、専《もっぱ》ら西から船で運ばれてきた商品が陸揚げされ、それで商売をする商人で賑わう所である。そこで商売をする商人の姿は元気よく活気に満ち溢れていた。その繁盛する商売の情景を横目に見て通り過ぎ、品川宿へと足を運んだ。

孝和は初めての旅で旅慣れておらず健脚ではなかったが、そこは若さで補った。歩いているうちに次第に足取りも軽やかになる。

孝和は庄蔵の道案内の指示に従い、彼に余計な心配や迷惑をかけないよう気を配って歩を進めた。

日本橋から東海道第一の宿駅である品川まで二里ほどかかり、午ノ刻《うま》（正午）頃着いた。品川は、宿場町として東海道第一の規模を誇っていて、江戸の南にある遊所である。ここは、飯盛女《めしもりおんな》の名目で旅籠《はたご》に遊女を置くことが許された最初の宿場町だ。

歩いていると遊女から、

「お侍さん、ちょっと休んでいかない」

と声をかけられたが、そのまま通過する。

庄蔵は、この宿場の外れにある茶店に差しかかった時、午ノ刻を過ぎたこともあり、孝和に向かって、

「この辺で一服しましょうか？」

と声をかけ、休むことにした。

庄蔵は、奥から出て来た茶店の婆さんに、「団子とお茶を持って来てくれ！」と頼む。

しばらくして団子とお茶が持って来られた。すると、庄蔵は小物籠から弁当箱をやおら取り出し、二人でおにぎりを頬張った。食べながらお茶をすすり、喉を潤し、空腹を満たした。運動した後の食事なので、とりわけ美味しかった。その後、頼んだ団子を口に含み、噛むと甘味が次第に口いっぱいに広がっていった。

「美味しい団子だ」

「私が丹念に作った団子だから当然でしょ」

と茶店の婆さんは得意満面に言った。

食べながら茶店の周りの景色に目をやると、遠方に房総半島が見えた。

「婆さん、ご馳走さん！」

と言って茶店を後にし、次の川崎宿へと向かった。

五街道は道幅が十三尺（約四メートル）、一里（約三・九キロ）ごとに両側に一里塚の道しるべがあった。その塚の大きさは五間四方に土盛りされ、そこには榎《えのき》が植えられている。これが、旅人にとって距離を測る格好の目安となった。

また、海岸沿いにはほぼ等間隔に松が植えられていた。左手に大海原、右手に田んぼの広がる田園風景を見ながら直進した。時折、海風に乗って塩のにおいが鼻をついた。

品川宿を発って一里半ほどして川崎宿に着く。ここは、三代将軍家光の時代に宿場となった所である。そこは、まだ小さな村だった。先を急いでそのまま通過し、次の神奈川宿へと向かった。

神奈川宿は、戸数わずか百戸ほどの小さな漁村だった。

庄蔵は、孝和が初めての旅で旅慣れていないことを考え、また初日から長い距離を歩くとその付けが後で出てきて身体がきつくなってくるので、それを見越して孝和に言った。

「孝和殿、今日はかなり歩いて疲れたでしょうからこの辺で休むことにしましょう。

疲れのほうはいかがですか？」

「わしもこんなに歩いたのは初めての体験だが、今回の旅は自分でも覚悟しており、気が張っているから今のところそれほど疲れたという感じはしない」

孝和は今の体調を正直に答える。

「でも初日は身体が軽くかなり歩けても、これが続くと疲労が次第に蓄積していき、あとで身体が重くなってきつくなってきます。今日はこの辺にしておきましょう」

孝和は、庄蔵のこの意見に従うことにした。彼は旅慣れており、判断も的確だと思うからである。

神奈川宿には大きな旅籠《はたご》はない。庄蔵はひなびた旅籠の暖簾《のれん》をくぐった。木賃宿《きちんやど》である。

「頼もう！」

と大声で言うと、奥から女将《おかみ》が出て来る。

「いらっしゃいませ。どうぞお上がりください」

女将に導かれ、奥の間へ通された。途中に炊事場があった。六畳間の部屋で、真ん中に卓袱台《ちゃぶだい》が置かれていた。

ここは、木賃宿なので食事はいっさい出ない。旅人は自分の持ってきた米などの食材で自炊しなければならない。そこでは薪代《たきぎだい》を支払って自炊するので、その薪代を木賃（木銭）といって「木賃宿」の名がつけられたのである。

庄蔵は、孝和を休ませ自炊の準備を始める。竃《かまど》に薪をくべて火をつけ、飯とお湯を沸かした。

半刻（一時間）ほどして孝和に夕餉を持っていった。ご飯とみそ汁、香の物の通常の食事だった。食後、懐紙に矢立で今日一日の旅の様子と感想を簡単に書きとどめておく。

孝和にとって生まれて初めての旅で、見る物、聞く物が目新しく新鮮なものだった。日本橋界隈における商人たちの賑わい、品川宿で出逢った飯盛女と茶店での休憩、道中での往来の様子、周囲に広がる水田と海や山並みの景色、今日泊まっている木賃宿などで、たった一日の旅であるのに、見る世界や視野が一遍に広がったような気になる。

木賃宿には旅人用の寝具などは用意されていない。そのため、身につけている敷物式の合羽《かっぱ》を掛け布団代わりにして寝た。畳の上でのざこ寝のようなものだった。しかし、この合羽をかけて横になったものの、慣れない所での就寝のため、すぐには寝つかれなかった。が、目をつぶっているうちに疲れていたこともあり、知らずに寝ていた。

庄蔵は寅《とら》ノ刻（午前四時）に目を覚ます。旅人は周囲が明るくなり始める頃出立するのが習わしなので、自然と目が覚めた。そこで孝和を起こしたが、熟睡していて身体をゆらしても起きなかった。孝和が起きるまでそのままにしておいた。その間、庄蔵は竈で飯をたいておにぎりを作った。

卯《う》ノ刻（朝六時）に孝和を起こしたが、寝起きが悪かった。孝和はちょっと頭が重く、身体がだるいと訴えた。慣れない旅の上、慣れない所で就寝したため、身体も馴染めず適応しないためだろうと、庄蔵は思った。

庄蔵は、孝和の身体を旅に慣らせるため、おにぎりと梅干し、お茶を与えて元気づけた。朝餉を摂って孝和もいくらか精気を取り戻す。が、まだすっきりした気持ちにはなれなかった。しかし、庄蔵には余計な心配をかけまいと思ってそのような仕種は示さなかった。

卯ノ下刻（午前七時）に、孝和は庄蔵に促されて宿を出立した。すっきりしない頭も歩けばよくなるだろうと思って出立したが、足取りは決して軽快ではなかった。

庄蔵は、孝和の足取りからあまり無理をさせることはしなかった。孝和の体調を気遣って、

「歩いていて体調のほうはいかがですか。よくなりましたか？」

と聞いた。しかし、孝和は庄蔵に身体はまだ何となくだるい感じがするが、そのことは伏せて明るく振舞って、

「心配をかけて済まぬ。すっきりしてよくなっている」

と言って適当に誤魔化した。

しかし、庄蔵は、孝和の体調はあまりよくないなと判断し、時折茶店などに立ち寄って休んだ。決して無理はさせなかった。

庄蔵は孝和に、保土ヶ谷宿の西に標高四十間ほど（七十余メートル）の権太坂山が

見えてくると、その山を指さして説明した。

「ここは、武蔵と相模両国の境界をなしている所です」

その先の一里塚を通過し、戸塚宿から藤沢宿へと進んだ。

庄蔵は旅慣れぬ孝和の身体を気遣い、時間は少し早いが、藤沢宿の旅籠に二日目の宿をとることにした。

孝和には、今日はここに泊まると告げた。

「昨日は宿がなく安い木賃宿に泊まりましたが、昨日の生活から分かるように、旅人が米などの食材を持参し、旅宿で薪代を支払って自炊して食事をする所なんです。それに、あそこは旅人用の寝具なども用意されていないから最も安価な旅宿なんです。

宿場ではほとんどが木賃宿ですが、大きな宿場でないと旅籠屋はないのです。木賃宿と違って、ここでは酒食・寝具を提供し、その上風呂まで備えてあってありがたいです。旅籠屋にとっては、宿場女郎《しゆくばじよろう》（飯盛女・飯売女《めしうりおんな》なども言う）を置いている所もあります。

今日は私が東海道を旅する時、たまに泊まる旅籠があるので、そこに泊まろうと思っています。そこの旅籠の主人とは顔馴染みでもあるし……」

「わしは何も分からないので、庄蔵殿がよければそこで結構だ。その判断に従う」

藤沢宿の街道筋に数軒の旅籠屋があり、間口五間ほどの旅籠屋の前で庄蔵の足が止まった。孝和に、

「今日はこの旅籠に泊まります」

と指さして暖簾をくぐった。

「頼もう！」と大声を出した。

奥から感じのよさそうな主《あるじ》が現れた。庄蔵の顔を見るなり、

「やあ、庄蔵殿ではないか。久しぶりですな。今日もまた商いの途中ですか？」

「いや、今日は商売とは全く関係なく、江戸のお侍さんを駿府にお連れする途中なんだ」

「それはそれはご苦労さん。後ろにおられるお方がそのお侍さんですか？」

「左様です」

「お若いお侍さんですな。私は、庄蔵殿にごひいきにしてもらっているここの主の重

蔵と申します。庄蔵殿には度々ご利用いただいてことのほかお世話になっています」

と、孝和に恭《うやうや》しく頭を下げた。

孝和もそれに呼応して、

「この度は、庄蔵殿に大変お世話になっている関孝和と申す。今夜、世話になるのでよろしく……」

と頭を軽く下げた。

「いやいや、こちらこそよろしくお願いします。さあさあ、お上がりくださいませ」

と孝和と庄蔵の二人を導き入れ、細い廊下を歩いて部屋へ通した。

「夕餉はいつにしますか?」

「酉《とり》ノ刻（午後六時）からにしたい。ところで、風呂は入れるか?」

「承知しました。もちろん、入れます」

と言って、重蔵は部屋を出ていった。

庄蔵は、孝和に入浴を勧めた。

「昨日、今日と長く歩いて汗をかき、その上、疲れたと思いますから身体を癒すため、お先に風呂にお入りください」

別棟のある風呂場に行った。土間から板の間の脱衣場に上がり、脱衣した。風呂は桶の下に竈を据えつけた据《すえ》風呂で、鉄砲風呂だった。鉄砲風呂は、鉄か銅製の筒《つつ》を桶の中に入れて焚くものである。

桶の蓋《ふた》を開けると熱気を感じると共に湯気がふわっと立ち上がり、部屋中に広がっていく。その湯気で、しばらく周囲がかすんで見えにくくなった。

目が慣れるのにちょっと時間がかかった。湯船には表面に垢《あか》がうっすらと浮かんでいる。先客が使った後の湯船だろうと思った。

湯船につかる前に身体を洗う。当時、石鹸はなく、代わりに糠《ぬか》袋を使っていた。木綿の袋に米糠を入れ、それが肌の艶《つや》出しに一番効能がよいということで使われていた。

しかし、これで強く擦《こす》ると皮膚を傷つけるため静かに擦った。この糠袋を使って身体を洗ってから湯船につかる。身体が温まるまでゆっくりつかった。

鼻歌が自然と出てくるような雰囲気だった。少しそろばんの「八算・見一」を口ずさんでみた。

長湯しているうちに身体がぽかぽかし、のぼせてきたので上がった。

上気した顔をして部屋に戻り、部屋で帳簿をつけていた庄蔵に向かって言った。

「いい湯でした。久しぶりに入って気持ちよかった。重苦しく感じられた身体もどことなく軽くなり、さっぱりした気分になった。身体全体がぽかぽかし、旅の疲れも大分取れたような気がする」

「それは結構で何よりです。夕餉が美味しくあがれます。その上、今夜はぐっすり寝られますよ」

そんな会話をしている時、飯盛女が膳を運んで来る。

十代半ばのかわいらしい幼い小娘《こむすめ》だった。孝和は、自分より年下の娘《こ》に感じられた。

庄蔵は、飯盛女に向かって聞いた。

「年はいくつ？　この宿の娘さんかい？」

「いや違います。農家の娘で売られてここで働いてます。年は十三歳です」

「ほおそうか。ここのご主人はおじさんもよく知っていて、よい人だから言いつけを守って頑張るんだ」

「はーい！」

彼女は、物事をはきはき言う性格の明るい娘だった。

「お侍さん、早く食べないと冷《さ》めてしまって美味しくなくなるよ」

「そうだな。ありがとう。ではいただくことにしよう。いただきます」

孝和は手を合わせて食べ始めた。

孝和はお腹が空いていると見えて、格好はよくないががつがつ食べた。ご飯のお代わりもして腹を満たした。普段はこんなに食べないのに、今日よく食べたのは歩き続けた結果、お腹が空いていたからだろう。

それを見ていた小娘は、

「お侍さん、お腹が空いていると見えてよく食べるわね」

と半ば驚き、あきれた風だった。小娘なのに、世間ずれした小生意気《こなまいき》な口振りにちょっと頭に来た。孝和は余計なお世話だと思った。

この飯盛女はいろんな旅人に接しているためか、孝和よりずっと世間ずれしていて、大人びていると思った。これは、孝和がこれまであまり屋外に出て他人と接する機会が少なかったからだろう。

しかし、今回の旅で外の空気を吸って見る世界も広がったと感じる。いろんな人や大海原、山川草木の自然の素晴らしさや豊かさに接して驚かされることばかりだったからだ。

孝和が食べ終わり、飯盛女が食膳を片す時、

「お侍さん、明日何時に出立しますか？」

と問い質すと、孝和でなくそばにいた庄蔵が答えた。

「卯ノ刻（朝六時）に出立したいと思う。その時、にぎり飯二人分を作っておいてくれ」

「はい、承知しました」

と飯盛女は返事をし、食膳を片した。

その後、寝具として掛け布団を持ってきた。就寝の際、敷布団はなく、畳に横になって上から掛け布団をかけて寝るだけのものだった。

庄蔵は、孝和がまだ旅慣れていない身体のため、十分寝るよう念を押して部屋を出ていった。

「明朝は卯ノ刻に出立するので、今夜はゆっくりお休みください。それではお休みなさい」

孝和は、庄蔵が出てから、懐紙に今日の旅の様子を書きとどめて床に就いた。

孝和は、寅ノ下刻（朝五時）に庄蔵に起こされる。ぐっすり寝られ、目覚めも昨日よりずっと爽やかだった。

庄蔵から卯の刻に、

「孝和殿、出立します」

と声をかけられ、旅籠を出た。その時、主の重蔵も、

「道中、くれぐれも気を付けてください」

と励まし、二人を送り出した。

今朝は上空に雲が覆われ、どんより曇っていた。

旅立って三日目。孝和もいくらか身体が旅慣れてきて、足取りも比較的軽かった。

庄蔵は孝和に明日、難所の「箱根越え」をするので、今日は小田原宿に泊まると伝える。後方から孝和の足取りを見計らって無理をさせまいと気を遣い、時折茶店に立

ち寄って一服した。

藤沢宿の次の宿場は平塚宿である。ここは、厚木、伊勢原及び秦野街道などの分岐点に当たり、交通の要地として、また物資の集散地として栄えていた。そこから、さらに西へ歩を進めた。次の宿場町は大磯宿である。

ここは、青一色に広がる相模湾にのぞんだ風光明媚《めいび》な温暖な宿場町である。

その大磯から小田原にかけては松並木の続く街道が海岸線沿いにあり、塩分を含んだ海風が鼻をつき塩辛かった。また、左手には青々とした相模湾が一面に広がって眺めもよく、目に心地好かった。さらに、右手には日本一高い富士山の雄姿が迫り目に飛び込んでくる。頂上付近は雲に覆われて見えないが、中腹から裾野にかけては日に映え、残雪が輝いてきれいだった。富士山全体の姿が見えないのは残念だが、その美しさと素晴らしさに改めて感動し、見惚れていた。

三日目の宿泊地の小田原に着いた。ここは、東海道の往来と共に栄えた宿場町で、今までの宿場より賑やかだった。

庄蔵は、昨日より少しましな旅籠に泊まることにした。

　この小田原は、西に箱根連山を背負い、北に丹沢を望み、南は太平洋に続く相模湾を抱えた足柄平野に発達した宿場町である。ここは箱根の玄関口で東海道の要路に当たり、箱根山を挟んで西の三島、東の小田原と言われ、宿場町としても軍事的にも重要な場所だった。

　庄蔵は夕餉後、孝和に、この小田原が城下町として栄えた歴史をちょっと話をしようと言って話し始めた。

「ここが城下町としてでき始めたのは、戦国時代に小田原城を築いた大森氏の頃からだといいます。しかし、後に伊豆の韮山《にらやま》から興った北条早雲が小田原城を攻め落とし、北条氏が関八州に覇を唱えるようになった頃から、小田原は事実上関東の首都となったのです。しかし、天正十八（一五九〇）年、豊臣秀吉の小田原攻めに敗れた結果、北条氏五代九十五年にわたる栄華はついえたのです。そしてこの戦いの時、世にいう『小田原評定』の名が生まれましたが、これは、この戦いで降伏か決戦かで長い間城中で議論を続けた結果、逆に和平の機会を失ったことによります」

　と、滔々と話す話に孝和は耳を傾け、興味をもって聞いた。

「明日は、険しい箱根越えをしなければならないため、今夜は十分睡眠をとるように」と言って、庄蔵は部屋を出た。

翌朝、孝和は疲れてぐっすり寝ており目が覚めず、昨日同様、庄蔵に起こされる。卯ノ刻に出立したが、どんより曇って天気はよくなかった。

「雨が降らなければいいですがね」

庄蔵は、孝和に向かって何気なくつぶやく。

松並木の街道を歩いている時は、道も固かった。ところが、山道に入ると道幅も狭くなり、頭上は樹木に覆われ、漏れてくる日射しも少ないため薄暗かった。道は柔らかく湿っていて、草鞋《わらじ》で土を踏みしめる足の感触は柔らかく少し歩きにくかった。

大分歩いて中腹に差しかかると石畳が現れてき、それがしばらく続いた。今度は、草鞋を通しての感触は固くて歩きやすくなったものの、逆に足への負担は重く感じられた。

石畳を抜けると高い樹木が取り払われ、視界がぱっと広がり、量は少ないが雲間に青空が垣間見えた。それで周囲が急に開けて明るくなり、それまで抑えつけられていた心が一気に解放された気分になった。

　庄蔵は、

「この先に甘酒茶屋があるので、そこで一服しましょう」

と孝和に声をかけ、しばらくしてそこに立ち寄った。店内に入ると、絣《かすり》を着た若くてかわいらしい娘さんが、

「いらっしゃいませ！」

と明るい声で、しかも元気よく客を迎え入れてくれ、気持ちよかった。その態度が大変爽やかだった。その一声で、疲れがいっぺんに吹き飛んだ気持ちになる。

　茶屋の造りは、タタキの土間に木の幹の机と丸太で作った椅子が置いてあり、天井は葦簀《よしず》張りだった。

　庄蔵は椅子に腰かけるなり頼んだ。

「甘酒二杯ちょうだい」

　孝和は、甘酒を飲むのは初体験の気がする。飲んでみると酒かすが口の中で次第にとろけて甘味が広がっていく。それを少しずつすすりながら飲んでいった。

「甘いな。少しずつ身体が温まってくる感じがする。加えて、疲れもいくらか取れたような気がする」

当日はたまたま旅人が多かったため、若い娘さんは忙しく立ち回って対応していた。四半刻一服してそこを発った。

しばらく歩くとまた石畳が現れた。草鞋で歩く足取りも一度経験すると慣れてきて、違和感も少なくなっていた。

関所前には杉並木が続いており、そこを歩くと苔《こけ》の匂いがした。その匂いは身体をほっとさせ、心地好さを与えた。

「間もなく箱根関所です」

と庄蔵に後方から言われ、孝和に少し緊張感が走った。胸が高鳴るのを感じた。

箱根関所は、江戸の表玄関として諸大名や百姓、町人に至るまで厳重に取り締まられ、東海道第一の難関として旅人に恐れられた所だ。

「入り鉄砲に出女」という取り締まりが厳重に行われていたからだ。

この「入り鉄砲」というのは、江戸に鉄砲や槍などの武器が無断で持ち込まれ、反乱を起こすのを未然に防ぐための措置である。一方「出女」というのは、各大名が幕府に対する人質代わりに江戸の屋敷に置かれた夫人が、領国に秘かに逃げ出すのを防ぐために取り締まったものである。

関所を通る時、幕府役人から関所手形を求められる。孝和は両膝をつき、手をついて恭しく頭を下げ、持ってきた手形を恐る恐る役人の前に差し出した。

関所手形さえ持っていれば、やましいところがなければ何ら恐れる必要はないが、そこはやはり武家政治下のこと、孝和には恐ろしい存在として映っていた。役人から何を言われるか、おどおどし少し身体がこわばった。

幕府役人はしばらく手形に目を通し、何ら問題がないと判断すると、

「よろしい、通れ！」

と語気を強めて言った。

それを聞いて孝和はほっとし、こわばった身体が一瞬にして氷解した。その時、血が引き、脂汗がじわっと出た。その間の時間というのは随分長く感じられた。関所を通過するのにそんなに時間は経っていないのに、過度の緊張感からか随分時間がかか

ったような錯覚に陥ったのだった。

庄蔵は関所を無事通過した後、孝和のその時の心境はどうだったかと聞いた。

「関所を通った時の気持ちはどうでした？」

「いやー、手形を差し出した時、役人から何を言われるか胸がどきどき随分緊張した」

と、その時の気持ちを正直に吐露した。

「この関所を初めて通過する時は、孝和殿だけでなく誰でもみな同じ心境です。私も初めての時は、随分おじけづきました。だから、庶民は関所を通過するとほっとするのかお互い喜び合い、『山祝い』といってその無事を祝う風習があるのです。そのことを知っておりますか？」

と言って、孝和の心を柔らげ和ませた。

関所を通過後、箱根峠から山中新田へと細い山道を足早に下り、三島へと急いだ。

途中、茶屋に差しかかった時、庄蔵が、

「『山祝い』でもしましょうか？」

と孝和に声をかけると、

「いや、早く次の宿場へ行ってゆっくりしたい」

と言って、立ち寄るのを拒否した。

三島の街並みに着いた頃、周囲は大分薄暗くなっていた。三島は、もと伊豆国府や国分寺のあった政治・文化の中心地で、伊豆の主要な宿場だった。街は東麓の小田原に対し西の関門を押さえる重要な位置を占めており、人馬の往来が繁く、「三島女郎衆」の名で知られ、東海道五十三次の宿場として栄えたのである。

三島では街道筋にある旅籠に泊まろうと思い、二人は今までより造りが立派で大きめの旅宿の暖簾に足を踏み入れた。庄蔵はこの街道筋をよく通り旅籠の主とは顔馴染みなのか、交渉はすぐまとまり、そして部屋に通された。

そこに三十代後半から四十代にかけてと思われる年増の飯盛女が顔を出す。この部屋の担当だと言って、挨拶に来た。彼女は通り一遍のことを言って引き下がった。その時、言葉遣いが丁寧で対応も客馴れして抜け目なかった。

その言動から庄蔵はちょっと警戒し、身構えた。本能的な直感からである。

街道筋が整備されると旅人が増え、旅宿は食事を出すようになり、飯を盛る女を雇って客の食事の接待をさせるようになったのだ。彼女たちはやがて客の求めに応じて夜の接待までするようになった。これが飯盛女で、後に食事接待は名ばかりで専ら旅籠専属の売春婦となったのである。

庄蔵は、孝和はまだ若く世間ずれしていないことを心配し、たとえ夜の接待を求められても決して応じないようにと、予め釘を指しておいた。

庄蔵のこの予感は的中した。食後、孝和は彼女からその旨を聞かれたが、きっぱりと断ったという。孝和の身を預かる者として万一彼に何かあったら申し訳ないと思い、先手を打っておいたのが功を奏したのだ。

翌朝、庄蔵は雨足の音で目を覚ました。この旅で最初の雨である。床から出ると少し肌寒かった。

孝和は、早起きは苦手とみえて雨足の音にも気付かずぐっすり眠っていた。庄蔵は、孝和の寝顔を見ていて天下泰平だなと思った。

卯ノ刻に彼を起こした。雨が降っていることもあり、今朝はいつもより半刻ほど遅れて出立した。

雨笠をかぶり、蓑《みの》をまとって旅立った。

「それにしても、今朝は鳥肌が立つほど寒いな」

孝和は身にこたえるほど寒いと思ったのか、つい口走ってしまった。

「歩けば身体も自然に温まってくるので大丈夫です。ただ身体を冷やすと風邪を引くので、冷やさないようお互い気を付けましょう」

と言って、庄蔵は孝和を励ました。

周囲は霧が少し立ち込め、前があまりよく見えなかった。歩く先の見通しはよくなかったが、旅慣れた庄蔵がついていてくれるので、そこは心強かった。

沼津宿に着いた。ここは幕府直轄地で、駿河湾にのぞむ海陸交通の要衝として繁栄していた。ここで一休みしたいところだが、休むと身体が冷えてしまうので、庄蔵は、

「頑張って次の原宿まで行きましょう」

と、孝和を励まして先を急ぐ。

孝和は、庄蔵の指示に従えば間違いないと考えて素直に従う。庄蔵に全幅の信頼を

寄せていたからである。

そうこうして原宿の手前に差しかかった時、雨足が急に弱まってきた。西の空がいくらか明るくなってきたと感じた庄蔵は、孝和に声をかける。

「西の空が明るくなってきたので、雨がそろそろ上がって天気がよくなってきます」

庄蔵の声が上ずっていた。しばらくして原宿に着いた。

「ここは南は駿河湾に面していて、町の西北は浮島原と呼ばれていて、それを略して付けられた地名だと聞いています」

と、庄蔵は孝和に説明した。

この宿場をざっと見渡すと農村的色彩の強い所だった。本来なら、その背後に秀麗な富士山がそびえ立って風光明媚な所だが、今日はあいにくの天気で見られないのが残念だった。

庄蔵は、街道筋にある茶店にわずかだが一服しようと、孝和に声をかけて立ち寄った。立ち止まると衣服が濡れていて肌寒かった。丸太の椅子に腰かけるとお尻が冷たかった。

庄蔵はすぐお茶を持ってくるよう頼んだ。

衣服を着替えたいができないため、肌を表面にあらわにしている箇所の顔面や腕や足、それに手の届く範囲の背中や胸元など手拭いでごしごしこすって水を拭き取った。それによって体熱が奪われるのが防げ、それだけでも大分気持ちがよかった。

同時に、水をたっぷり吸った草鞋もぐじゃぐじゃになっていて、新しいのに取り替えた。気持ちがさばさばした。

そこに、庄蔵が持ってきたおにぎりを孝和に差し出した。孝和はそのおにぎりを頬張り、差し出されたお茶を口に注ぐと精気を取り戻した。生きた心地がした。冷えた身体が温まってき、生き返った思いがしたのだ。

エネルギーを補給した二人は、生き返った面持ちでそこを発った。

吉原宿を通過し、その先にある富士川は渡し舟で渡った。その頃、衣服は体熱で乾いていた。

その富士川の右岸河口付近に蒲原宿《かんばら》があり、そこの集落は山が目の前に迫っていた。

「その蒲原から薩埵《さった》間の海岸は由比ヶ浜と呼ばれ、晴れていれば街道随一の景勝地です」

　と庄蔵は説明したが、あいにく霧が発生していて曇って山並みと海岸線が見えず、その景観が半減していてがっかりした。

　由比宿の旅籠に泊まった。

　庄蔵はゆっくり一人になった時、あともう一日で目的地の府中宿に辿《たど》り着くかと思うと、いくらか気が楽になりほっとした。ここに来るまでにとりあえず大きな事故もなく来れたことに感謝し、安堵する。

「あともう一日だ。頑張ろう」

　庄蔵は独り言を言って、逆に元気が湧いてきた。

　そうして翌朝出立する時、庄蔵は、

「今日はいよいよ目的地の府中宿の松木家に到着する日です」

　と孝和に伝え、二人は意気揚々と旅立った。足取りは軽かった。

　天気はどんより曇っていたが、心のほうは今日松木家に着くかと思うと晴れ渡っていた。松木家に早く着きたいという思いが強くて心が急《せ》き、足取りも軽く速かった。

興津宿を横目に見ながら通り過ぎ、そして江尻宿へと向かった。しかし、さすがに歩き続けると疲れが出て、江尻宿で一服することにした。

ここは風光に優れ、宿場も賑わっていた。

「孝和殿、いよいよ目的地まであと一宿です。ここで英気を養ってあと少し頑張りましょう」

「そうか。目的地まであと一宿か。頑張るぞ」

と声に出し、きっぱりと言った。

「それにしても、この旅では庄蔵殿に随分お世話になったな」

と聞き取りにくい弱い声で、孝和がぼそっと独り言を言った。彼には感謝の念を抱いていた。

「孝和殿、私に何か言いました？」

「いや、何も言ってないが」

空いたお腹を少し満たすと、

「さあ、出発しましょう」

と言って店を出る。もうじき目的地に着くかと思うと、不思議と元気が湧いてきた。周りの景色が目に飛び込んできて見るというより、心は既に松木家のほうに飛んでいて、浮き浮きして歩を進めていた。街道筋の林が少し開けた場所に出たら右手遠方に城が小さく見えた。

「あの城は？」

孝和は指さして聞いた。庄蔵は、

「あれが駿府城です。戦国時代には今川氏が築いた居城があったとのことですが、後に徳川家康公が移り住み、今の城が築かれました。亡くなられたあとは駿府城代が置かれました。府中宿は城下町的色彩をもった東海道の要衝の宿場町です。あの城下の街道筋に私たちの住む松木家があります。あと少しなので頑張りましょう」

と言って孝和を鼓舞した。

四半刻ほどして府中宿内に足を踏み入れた。府中宿は駿府城下にあるが、街道はその城下の周囲を鍵の手のように曲がりくねって通っていた。これは、街道を城下に取り込むと商業の賑わいが生まれて治安が悪くなるので、それを防ぐため城下を曲がりくねらせて街道を通したのだ。

庄蔵から、

「ここが松木家です」

と指し示された。松木家は城に近い街道沿いにあり、広大な敷地をもった商家だった。

それを見た孝和は、その店構えの大きさに驚愕する。あまりの大きさに度肝を抜かれ、庄蔵に尋ねた。

「店の間口《まぐち》はどのくらいだ?」

「三十間《けん》近くあるでしょうか。奥行きもあり、さらにその奥には蔵もたくさんあります」

孝和は、こんな大きな邸宅でお世話になるとは想像していなかったので、少し狼狽《ろうばい》した。

未《ひつじ》ノ下刻（午後三時）頃着いた。

庄蔵が暖簾をくぐると、帳場に控えていた丁稚《でっち》が驚く。

「庄蔵殿、いや手代殿、お帰りなさいませ。本当にお疲れさまでした。その後ろにおられる若いお侍様が連れて来られた方ですか？」

「この度、こちらでお世話になる関孝和と申す。よろしく……」

と軽く会釈した。

「失礼しました。こちらこそよろしく」

と言うなり、若い丁稚はすぐ後方に引き下がった。

二人だけになったその時、孝和は突然庄蔵に向かって、

「この度の長旅は本当にお世話になったな。貴殿の細かい配慮と心遣いにより、お蔭で楽しい旅となった。本当にありがとう」

と心からお礼を言い、軽く頭を下げた。

そこに、新左衛門と使用人が顔を出し、二人を出迎えた。

参考文献

この本を書くに当たり、参考にさせて頂いた本を掲げます。これらの著作に多くの御教示を得ましたので、その著者各位に深甚の謝意を表す次第であります。

鳴海風『算聖伝——関孝和の生涯』新人物往来社（二〇〇〇年）
平山諦『関孝和』恒星社（一九九三年）
平山諦『和算の誕生』恒星社厚生閣（二〇〇一年）
下平和夫『関孝和』研成社（二〇〇六年）
竹之内脩『関孝和の数学』共立出版（二〇〇八年）
佐藤健一『新・和算入門』研成社（二〇〇四年）
佐藤健一ほか『江戸の寺子屋入門』研成社（二〇〇〇年）
八幡和郎・臼井喜法『江戸三〇〇年「普通の武士」はこう生きた』ベスト新書（二〇〇五年）
竹内誠・市川寛明『一目でわかる江戸時代』小学館（二〇〇五年）
杉浦日向子『一日江戸人』新潮文庫（二〇〇五年）
小林弦彦『旧暦はくらしの羅針盤』ＮＨＫ出版（生活人新書）（二〇〇五年）

著者プロフィール
心身 進化（こころみ しんか）

本名：村沢 紘

1942（昭和17）年、台湾高雄州旗山《きざん》に生まれる。

1965（昭和40）年、東京理科大学理学部化学科卒業。

民間会社に勤務後、東京都公立中学校教諭に奉職し、最後は校長で定年退職する。

著書に『東洋道徳　西洋芸術—佐久間象山の生涯』（2004年）『人生に曙光がさす—人生に挑む若者に向けて—』（2012年　ともに日本文学館刊）、『和算の道を切り拓いた男　和算の大家 関孝和の生涯 ——学問修業と仕官の道への記』（2015年）『和算の道を切り拓いた男　和算の大家　関孝和の生涯 ——「発微算法」の刊行と妻を娶るの記』（2016年）『和算の道を切り拓いた男　和算の大家 関孝和の生涯 ——算学研究の成果をまとめ幕臣となるの記』（2020年　すべて文芸社刊）がある。

趣味は囲碁、水墨画、読書、旅行など。

和算の道を切り拓いた男

和算の大家 関孝和の生涯 ——生い立ちと旅立ちの記

2021年２月15日　初版第１刷発行

著　者　心身 進化

発行者　瓜谷 綱延

発行所　株式会社文芸社

〒160-0022　東京都新宿区新宿１－10－１

電話　03-5369-3060（代表）

03-5369-2299（販売）

印刷所　株式会社暁印刷

ISBN978-4-286-22276-9